Los muchachos
del apocalipsis

Jorge Galán
Los muchachos del apocalipsis

El papel utilizado para la impresión de este libro ha sido fabricado a partir de madera procedente de bosques y plantaciones gestionadas con los más altos estándares ambientales, garantizando una explotación de los recursos sostenible con el medio ambiente y beneficiosa para las personas.

Los muchachos del apocalipsis

Primera edición: febrero, 2025

D. R. © 2025, Jorge Galán
En colaboración con Agencia Literaria Antonia Kerrigan

D. R. © 2025, derechos de edición mundiales en lengua castellana:
Penguin Random House Grupo Editorial, S. A. de C. V.
Blvd. Miguel de Cervantes Saavedra núm. 301, 1er piso,
colonia Granada, alcaldía Miguel Hidalgo, C. P. 11520,
Ciudad de México

penguinlibros.com

Penguin Random House Grupo Editorial apoya la protección del *copyright*. El *copyright* estimula la creatividad, defiende la diversidad en el ámbito de las ideas y el conocimiento, promueve la libre expresión y favorece una cultura viva. Gracias por comprar una edición autorizada de este libro y por respetar las leyes del Derecho de Autor y *copyright*. Al hacerlo está respaldando a los autores y permitiendo que PRHGE continúe publicando libros para todos los lectores.

Queda prohibido bajo las sanciones establecidas por las leyes escanear, reproducir total o parcialmente esta obra por cualquier medio o procedimiento, incluyendo utilizarla para efectos de entrenar inteligencia artificial generativa o de otro tipo, así como la distribución de ejemplares mediante alquiler o préstamo público sin previa autorización.
Si necesita fotocopiar o escanear algún fragmento de esta obra diríjase a CeMPro
(Centro Mexicano de Protección y Fomento de los Derechos de Autor, https://cempro.org.mx).

ISBN: 978-607-385-495-5

Impreso en México – *Printed in Mexico*

No me escudo en mi juventud, ya que, en todo el sur, desde 1861, no hay una sola criatura [...] que haya tenido tiempo u oportunidad de ser joven; otros nos han contado lo que es ser joven.

WILLIAM FAULKNER, *¡Absalón, Absalón!*

Primera parte

1

La mañana que llegó el frío, Antonio y Maca se juntaron poco antes de las cinco en el estacionamiento de autobuses, un campo baldío rodeado por un muro de ladrillos y cuya única construcción era una caseta de madera donde pernoctaba el guardia de seguridad. Salvo el vigilante, no había nadie más en todo el lugar, pues los motoristas de las unidades de autobús salían más temprano. Junto a la entrada, los chicos encontraron una fogata improvisada en el interior de un viejo barril de latón que habitualmente servía de basurero.

Maca estaba ya en el lugar cuando Antonio apareció andando con las manos en los bolsillos y la cabeza cubierta con una capucha, como un boxeador que se dirigiera al cuadrilátero para efectuar un combate. Se saludaron con un movimiento de cabeza y luego Antonio sacó su celular móvil y revisó si tenía algún mensaje de Lucy: no había nada. Mientras lo hacía, Maca no dejaba de hablar sobre el clima.

—Estamos a quince —anunció—, pero los profetas del internet dicen que va a llegar a diez grados; si eso pasa, va a haber muertos. Y como llegue a cero, esto va a ser el apocalipsis.

—Pues ojalá —musitó Antonio.

El olor de la madera quemándose hizo que Antonio recordara a su padre, el señor Antonio José. Una vez al mes, aquel hombre preparaba una barbacoa en el patio de la casa, donde cocinaba lo que fuera: una gallina o unos pescados. Aquel ritual despertaba el buen humor de todos, incluso el de la abuela, que salía de su cuarto —lo que no hacía casi nunca—, se sentaba en el comedor y hablaba sobre otras épocas, de los años de su juventud, cuando vivía en un pueblo de las montañas, un lugar del que jamás pronunciaba el nombre y del que contaba únicamente historias de apariciones y fantasmas, tan sombrías como inverosímiles, pero que encantaban a sus nietos tanto como a su yerno, quienes la escuchaban entregados a la fascinación que despertaba su voz, aunque conocieran ya cada palabra de aquello que contaba, pues lo había narrado muchas veces.

Cuando, aquella madrugada, Antonio sintió el olor del fuego, el fuego le habló de su padre, que llevaba poco más de un año muerto; sin embargo, no quiso mencionarlo a Maca. Pensó en escribirle a Lucy para contarle, pero supuso que no tendría una respuesta, y, siendo así, no valía la pena.

—¿Cómo se llama cuando morís de frío? —preguntó Maca.

—¿Hipotermia? —respondió Antonio.

—Eso es, hipotermia —exclamó Maca—. Debe ser horrible morir así. Prefiero que me peguen un disparo en la cabeza. Una sola bala y no sentís nada, y nos vemos en el infierno, *my friend*.

Maca llevaba un suéter y un gorro de lana, además de unos calcetines enfundados en las manos, a manera de guantes. Antonio usaba un suéter que había pertenecido a su padre. No recordaba haberlo visto jamás vestir aquella prenda, que guardaba en su clóset como un tesoro, ya que era un obsequio, quizá el único, que recibió de su hermano menor cuando vino a visitarlos desde el Canadá. Antonio tenía siete años entonces. Nunca más volvió a saber de su tío luego de esa visita. Este ni siquiera devolvió la llamada cuando le avisaron de que su hermano acababa de morir.

—Bueno, y vos, ¿qué? ¿Te escribió la muchacha o sigue de necia? —preguntó Maca.

—Ni lo ha hecho ni creo que lo haga —dijo Antonio. Llevaba tres días sin saber de Lucy. No se comunicaban desde que se despidieron en la puerta de la Universidad, luego de un ensayo del grupo de teatro al que Lucy pertenecía, cuando ella le confirmó que sus planes de marcharse con su madre a los Estados Unidos no podían echarse atrás. Contrariado, Antonio le dijo que no quería hablar más y que lo mejor era que cada uno se marchara por su cuenta.

—No vale la pena —siguió Maca.

Antonio encogió los hombros.

—Ya da igual…

—Pues sí… Es lo que te he dicho siempre, da igual —insistió Maca.

El vigilante de turno se acercó a la fogata y tendió las manos en el aire, frente al fuego. Dos ratas pasaron a unos metros de ellos, treparon el muro y se perdieron por la parte de atrás. Las campanas de una iglesia situada a unas pocas calles llamaron a misa de seis y Maca supo que tenían que irse.

—¿A qué hora nos esperan? —quiso saber Antonio.

—A las seis —respondió Maca. Bebió un sorbo de café y luego escupió al fuego.

—¿Es una sola persona? —preguntó Antonio.

—Sí, un cliente, y quiere visitar una casa y tres cementerios. Una casa abandonada, supuestamente.

—¿Aquí en la ciudad? —volvió a preguntar Antonio.

—La casa, sí; los cementerios, en unos pueblos de occidente. Nos va a llevar todo el día, seguro.

—¿Es gringo?

—Se apellida Ábrego —aclaró Maca.

—Es salvadoreño de Los Ángeles, entonces.

—Es lo más seguro.

Volvieron la vista al escuchar el bullicio de los perros. Enjaulados junto a la caseta de la entrada, tres pitbulls miraban hacia arriba, al muro. Y ladraban sin parar.

—Debe ser una rata —dijo el guardia.

—Debe ser —dijo Maca, y Antonio no quiso agregar nada más.

Se decía que algunos días, pasada la medianoche, se organizaban en el lugar peleas ilegales de perros. Ni Maca ni Antonio sabían si era cierto. Estaban acostumbrados a no preguntar nada que pudiera meterlos en problemas. Una madrugada encontraron a uno de los perros tendido en el piso de cemento dentro de su jaula. Estaba malherido. Le brotaba sangre de las fosas nasales y el hocico. Tenía la pata izquierda lacerada y varias mordidas por todo el cuerpo. El vigilante de turno saludó a Maca al verlos entrar.

—¿Qué tal, Maca? —dijo.

—Aquí, en lo de siempre —respondió este, sin quitar la vista del animal.

—Se salió y lo atropellaron al pendejo —explicó el vigilante.

—Pobrecito —agregó Maca.

Ni una sola pregunta o comentario se hizo del perro ni esa madrugada ni las que siguieron. Así eran las cosas. Nadie escuchaba nada. Nadie decía ni preguntaba nada. Cada uno velaba solo por sí mismo, sin inmiscuirse en los problemas de los demás. Era parte del aprendizaje para sobrevivir. Y en aquellas calles todos sabían que de eso se trataba. Nadie estaba viviendo. Sobrevivían. Y más valía tenerlo claro. Las segundas oportunidades eran como los trenes que salían de una estación a punto de ser clausurada: no regresaban nunca.

2

Sonia se acomodó junto a la ventana de la celda mientras la lluvia caía en el patio. Todo para ella era un recuerdo. Era como si su vida se hubiera detenido y ya solo quedara recordar. Atrás, dos mujeres discutían sobre quién podía beber más cervezas. La una decía que, comiendo, podía beber diez. La otra, doce. Ninguna creía lo que la otra aseguraba.

Sonia recordó el día que ella y Tomás habían subido el cerro San Jacinto para cortar guayabas. Tenía entonces diecisiete. Parecía que hacía mucho, pero fue solo tres años atrás. Aquel día avanzaron por un camino de tierra que ascendía en espiral a través del cerro, mientras Tomás le contaba la historia de un amigo suyo llamado Maca, quien había bebido una docena de cervezas a los doce años. Sonia creía que eso no era posible a esa edad. Tomás le aseguró que Maca se desmayó mientras bebía la cerveza número trece. Sonia no había olvidado el olor del aire de entonces, a hierba y a leña, y los muslos de Tomás —que iba adelante de ella—, los cuales se tensaban al avanzar, duros, juveniles; y su rostro cuando se detenía y se volteaba para verla, lo que sucedía cada cierto tiempo. La miraba sonriendo y decía *Te lo juro, te juro que fue así. Se tragó doce cervezas y se durmió dos días seguidos.*

Aquella tarde tomaron un sendero que atravesaba una estribación, para llegar a una colina cubierta de hierba poco alta, suave, casi mullida. Se sentaron allí y contemplaron la ciudad abajo, tan silenciosa como si estuviera deshabitada.

—¿Y si no volvemos? —preguntó Tomás.

—Si no volvemos, pues me mata mi mamá.

—Eso si te encuentra. Pero a lo mejor no te encuentra. A lo mejor ni te busca.

—Si fuera 1920, podríamos hacerlo. No me jodería enviándome doscientos mensajes al día al teléfono.

—También ahora podemos; lo que pasa es que no querés.

—Sí quiero, pero no me atrevo —dijo la chica—. Sabés que sí quiero —repitió.

Era media tarde y la lluvia empezó sin avisar y ellos se cubrieron con una capa de plástico. El viento hizo que se empaparan por completo, pero no les importó. Se tiraron sobre la hierba y movieron los brazos como si estuvieran sobre una colina cubierta de nieve. Era un buen recuerdo, de esos que Sonia hacía un esfuerzo por no dejar atrás.

Sonia se encontraba en una celda de nueve metros cuadrados junto a otras diez reclusas. Un pequeño espacio repleto de colchones y bolsas de plástico o cajas de cartón con las pertenencias de cada una. Un olor a ropa húmeda flotaba en el lugar. Sonia sacó la mano a través de la ventana para mojarse, luego se acarició los pómulos y la frente. Las mujeres, atrás, no paraban de discutir. Una reclusa tendida junto a una pared lateral les pidió que cerraran la boca, que quería dormir la siesta. Las demás la ignoraron. La discusión subió de tono y las mujeres se ensartaron en una pelea. Una se abalanzó sobre la otra y ambas se echaron hacia atrás, cayendo al suelo muy cerca de Sonia, que recogió sus piernas.

—¿Qué les pasa, idiotas? —protestó una mujer llamada Ingrid.

Una de las reclusas inmersas en la pelea propinó un puñetazo a la otra en la nariz. Le dio de lleno y la sangre manó de inmediato. La que recibió el golpe gritó, tomándola del cabello, contraminando su cabeza contra el suelo. En ese momento, otras reclusas intentaron separarlas. No fue fácil. La que tenía rota la nariz estaba furiosa y no quería soltar a su contrincante. Cuando finalmente se separaron, ambas estaban manchadas de sangre y mostraban moretones en el rostro.

—¿Qué pasó, niña? ¿Te golpearon? —preguntó Ingrid a Sonia.

—No, no me pasó nada.

—Son unas bestias, ya sabés.

Ingrid se sentó junto a Sonia y le sugirió a la reclusa herida:

—Acostate boca arriba para que ya no te salga sangre.

Cada una de ellas tenía algo que decir, menos Sonia. No podía acostumbrarse a su situación. Estaba condenada a pasar treinta años en aquel hueco en la tierra. Llevaba adentro unos pocos meses. Pese a su juventud, pues apenas pasaba los veinte, creía que su vida estaba acabada. Aunque su madre y su abogada le aseguraban que no era así, ella no podía creer otra cosa.

3

El automóvil que conducían era propiedad del señor Franco, el padre adoptivo de Maca. Los contrataban algunas veces al mes para llevar turistas a través del país. Maca manejaba y Antonio era el que hablaba con los clientes, a quienes contaba historias, reales o ficticias, de los lugares que visitaban. También les sugería restaurantes, cafés o rutas turísticas. Cada quien hacía su papel. Era un buen trabajo, aunque no ganaban mucho dinero. Unos cien dólares al día, divididos entre el señor Franco, la gasolina y ellos dos. Al final de la jornada podían ganar unos veinte cada uno. Para ellos, sin embargo, no estaba mal; lo único que estaba mal, según Maca, eran los salvadoreños que volvían como turistas luego de vivir algunos años en Estados Unidos, Australia o Canadá. No los soportaba. Detestaba, sobre todo, su manera de hablar, ese español torpe, enfermo por los años de estar sumergido en el acento de otro idioma.

Maca y Antonio recogieron al cliente en un hotel en la mejor zona de la ciudad.

—Alejandro Ábrego —saludó el cliente al entrar en la camioneta.

Era un hombre con sobrepeso, más cercano a los cincuenta que a los sesenta años de edad. Vestía jeans, zapatillas deportivas blancas y una camiseta sin estampado. Cargaba una mochila de la que sacó dos barras de chocolate con envoltorios luminosos, dorados, de unos treinta centímetros de largo por diez de ancho.

—¿Les gusta el chocolate negro? —preguntó, mientras les ofrecía. Maca y Antonio tomaron una barra cada uno y le dieron las gracias.

Cuando se pusieron en marcha, Ábrego les contó que tenía casi treinta años sin volver al país, que vivía en Maine, al norte de los Estados Unidos, pero que su familia y él mismo eran oriundos de San Salvador. También les contó que la casa que visitarían llevaba abandonada desde los terremotos que sucedieron en enero y febrero del 2001. Los chicos lo escucharon sin decir mucho.

La casa estaba situada al oeste de la ciudad, sobre una cordillera. Docenas de pinos rodeaban la propiedad. Se accedía a través de un portón de hierro forjado que no estaba cerrado con llave. Un camino de cemento flanqueado por árboles de varias especies llevaba hasta la casa. Aquel armatoste de cemento y madera conservaba intactas la mayoría de las ventanas y las puertas, la principal de unos tres metros y medio de altura, pesada como una pared. Se abrió sin hacer ruido, como si los goznes hubieran sido aceitados tan solo unos días atrás.

Al entrar notaron un aroma a flores, pero no había jarrones en el interior. Algunos muebles se conservaban en el salón y en el comedor; también, lámparas de techo en forma de araña y algunas otras pegadas a las paredes laterales. Salieron los tres hasta una terraza desde donde observaron el volcán de San Salvador, llamado también Boquerón, y abajo, la ciudad, y más allá los cerros lejanos, cuya imagen se perdía en el horizonte como gigantescas siluetas entre la neblina de la mañana.

—Es realmente bonito —apreció el señor Ábrego, de pie junto a la barda que separaba la terraza de un pequeño precipicio—. ¿Escuchan?

Maca y Antonio negaron con la cabeza.

—Eso, eso mismo —dijo Ábrego—, no se oye nada. Aquí está uno alejado de todo. Es un paraíso este lugar.

Ábrego estaba emocionado como un chiquillo. Sonreía y señalaba hacia el oeste y hacia el este. Les contó que de niño volvió al país por varios veranos o en Navidad, y siempre se alojó en esa casa, que era estupenda cuando sus abuelos vivían; que eran patrañas que estaba embrujada, jamás le sucedió nada a nadie en aquel lugar, y que eran fascinantes las cenas de Navidad, cuando su abuelo cocinaba un cordero entero en el patio, lo enterraban para luego cubrirlo con piedras encendidas.

—¡Bajemos! —les pidió Ábrego—. Mi abuelo era ebanista, y abajo tenía su estudio secreto. Nos hacía juguetes. Juguetes de madera. A ninguno nos gustaban, pero ahora serían un tesoro.

Antonio acompañó a Ábrego escaleras abajo. Maca se quedó arriba y dijo que iría a buscar mangos, que había visto algunos árboles cargados de frutos.

Antonio y Ábrego llegaron hasta un salón sumido en la oscuridad. Al abrir la puerta, la luz del día dejó en evidencia los restos de un taller, pero sin nada valioso que recuperar: alguna caja de herramientas vacía, un torno partido en varias partes, varios cuartones de madera y pequeñas cajas donde se debieron guardar clavos de distinta medida.

—Si había algo aquí, seguro se lo llevaron los saqueadores —dijo Ábrego.

—Es lo más probable —afirmó Antonio.

Una rata de buen tamaño atravesó el salón e hizo que Ábrego diera un respingo.

—No soporto a esos animales. Mejor subamos.

Antonio asintió y caminaron hacia la puerta, en cuyo extremo izquierdo estaban las escaleras. Subieron hasta la cocina, y Ábrego se disponía a volver a la terraza cuando se encontró a los dos chicos. Ambos vestían con suéter y uno de ellos, el más alto, llevaba una gorra con el logo NY, de los Yankees de Nueva York.

—Se me quedan quietos si no quieren que les pegue un plomazo —dijo el de la gorra.

—¡¿Cómo?! —exclamó Ábrego, y el chico le mostró una pequeña pistola Beretta Nano de nueve milímetros.

4

En una casa hablaban dos mujeres, una anciana y otra más joven, que era su hija. La casa era la novena de una hilera de quince, todas ellas adosadas, de siete metros de ancho, sin jardín exterior, con paredes tan delgadas que impedían la privacidad entre los vecinos. Un salón grande separado en tres espacios —sala, comedor y cocina—, dos habitaciones de tamaño regular, un baño y una tercera habitación, diminuta, de dos metros y medio de ancho por dos de largo, conformaban aquel lugar construido en algún momento de los años ochenta. Debido a los techos bajos, era caluroso, aunque no aquel día.

—No quiere —la mujer más joven se dirigió a la anciana—. Me dijo que no quiere y no hay manera de convencerlo.

—Ese muchacho está lleno de odio —comentó la anciana.

Las dos mujeres, madre e hija, se hallaban en la habitación diminuta, sentadas en una cama de un metro de ancho. Un foco iluminaba aquel lugar cuya única ventana la cubría una cortina que no dejaba pasar la luz de la mañana. Por todas partes había montones de ropa, doblada o sin doblar. La anciana llevaba guantes en las manos y un gorro. Tenía dos años de sentir frío, sin saber la razón. Se resistía a ir al médico. Cuando la hija le insistía, ella argumentaba que lo suyo no era de médico sino de brujos, pues sufría una maldición. Y no había manera de convencerla de lo contrario ni de quitarle el frío que padecía incluso en el verano, cuando las temperaturas subían hasta llegar a los treinta y cinco grados a la sombra, y la anciana tenía que estar envuelta en sábanas o vestir con suéter.

—No diga eso, mamá.

—Si no querés que lo diga, no digo nada, pero es verdad: el Antonio está lleno de odio. En mis tiempos todos iban a misa; si ese muchacho tuyo hubiera conocido a mi papá, lo hubiera obligado a ir a misa, y sería diferente. Pero no le hace caso a nadie ni respeta a nadie. Y a vos, menos. Por eso te digo que no quiero quedarme sola con él.

—Pero, mamá…

—Pasa oyendo esa música horrible y grita como que es un diablo.

—Mamá, dígame: ¿Antonio le ha hecho algo? ¿Le ha hecho algo a usted?

—No —musitó la anciana, mientras miraba la figura de la Virgen María que tenía junto a la cama acompañada de un rosario y dos estampitas, una de san Martín de Porres y otra del santo Niño de Atocha.

—Y entonces ¿por qué le tiene miedo? —insistió la hija.

—Porque ese muchacho no es cristiano. Hay días que ni me habla. Y cuando se vaya al norte la novia esa que tiene, va a ser peor.

—Me da lástima —dijo la mujer—. Esa muchacha era su consuelo.

—¿Y yo no te doy lástima?

—No diga eso, mamá. Si él no le va a hacer nada.

—Vos no podés saber eso. Si vos no pasás aquí, no sabés cómo es tu hijo.

—¿Sabe qué pasa, mamá?

—¿Qué?

—Que Antonio me desespera, pero me da lástima. Lo de la muerte del papá me lo jodió mucho. Y ahora lo de Lucy lo ha jodido más. Pobre Lucy, tengo un mal presentimiento con esa muchacha. Siento que no va a llegar a Los Ángeles. Ya sabe, a las muchachas jóvenes las violan los mexicanos cuando van de paso. O eso dicen.

La anciana miró a la hija y quizá tenía la intención de decir algo sobre Lucy, pero prefirió callar. Se levantó con dificultad y tomó el rosario.

—¿Ya quiere rezar?

—No, todavía no.

—No le vaya a decir a Antonio nada de la Julia, ¿me entendió, mamá?

—¿Y qué le voy a decir si ni hablo con él? No hablo con él.

—Pero, si de casualidad hablan, no le diga nada —insistió la hija—. No quiero que se meta en un problema. Cuando le insinué lo de Julia, me amenazó con llegar al trabajo y me advirtió que podía pasar una desgracia.

La madre de Antonio era empleada doméstica en una casa de familia desde hacía décadas. Recibía una paga mensual y tres comidas diarias, pero solo podía ausentarse un domingo cada dos semanas. A ella no parecía importarle aquel horario sin apenas días libres, incluso lo prefería así. Tenía una habitación propia con una buena cama, una televisión con varias cadenas de *streaming* disponibles, además de un baño. Comía un filete al menos una vez a la semana, y, si a los patrones se les ocurría viajar, lo que sucedía a menudo, podía estar sola en aquel lugar tan amplio, y no tenía que preocuparse de nada, pues aquella era una zona privada, sin oportunidad para la delincuencia, situada en el norte de la ciudad, junto a una cordillera donde había rótulos que pedían a la población no molestar a los venados. De todo esto no podía comentarle nada a su hijo mayor, pues Antonio lo odiaba, lo consideraba una forma de esclavitud moderna. En los últimos años había sido una razón para discutir con su madre casi cada vez que se veían. Para él, era una ocupación indigna, ofensiva y desproporcionada, y no entendía cómo tantas mujeres parecían tan a gusto viviendo en esas condiciones, lejos de sus familias, incluso si sus hijos estaban pequeños. Para ella, sin embargo, había sido la única posibilidad de conseguir un trabajo.

—¿Ves lo que te digo? —siguió la anciana.

—Ya sé, pero ya le dije yo a usted que no tenga miedo; es su nieto, no le va a hacer nada. Es más lo que habla, luego nunca hace nada.

—No sabés —dijo la anciana—. Vos no lo conocés. Si vivieras aquí, sería otra cosa.

—Es mi hijo, mamá. Aunque yo no viva aquí, ¿cómo no lo voy a conocer?

—Pero si no lo ves nunca —insistió la anciana—. Lo he visto más yo, pero no me querés creer lo que te digo.

—Bueno, mamá, ya está, ya me tengo que ir —zanjó la mujer, y se levantó para salir de la habitación.

Antes de hacerlo, puso su mano sobre el hombro de la anciana, que en ese instante miraba hacia la nada de la pared y parecía mascullar algo ininteligible.

—¿Cree que está bien lo de la Julia, mamá?

—¿Y de qué otra cosa va a trabajar, si no es de eso? A todas nos ha tocado lo mismo. A tus tías, a mí, a vos.

—Bueno, ya está.

—¿Quién le va a decir a tu hijo?

—Pues a la misma Julia le va a tocar decirle.

—¿Por qué me dejás sola? —exclamó la anciana.

—No me diga eso, mamá. Ya no me diga eso.

—¿Por qué me dejás sola, hija? —sollozó.

La mujer joven salió de la habitación, pues no quería escuchar más. No podía hacer nada que no fuera marcharse. Tomó sus cosas, se persignó y salió de casa. Afuera no encontró a nadie y supuso que se debía al frío. Caminó pensando en su madre y su hijo, y decidió que, en cuanto subiera al autobús, rezaría por ambos. Se sentía confundida, cansada. Y, otra vez, envidió un poco al que había sido su marido, pues, según ella, tenía la dicha de estar descansando.

—Bueno, bueno, bueno —masculló la anciana luego de un rato, al oír el ruido de una puerta que se abría. Entonces se sentó en la cama y empezó a rezar.

5

Se escuchó el sonido sordo de un impacto y el chico de la gorra de los Yankees se desvaneció a los pies de Ábrego, que retrocedió un paso debido a la sorpresa. La gorra cayó a un costado. Una piedra se hallaba al lado del chico, de cuya cabeza manaba abundante sangre. Su compañero se arrodilló, se sacó la camisa, la hizo un puño y la dejó sobre la herida del otro.

—No te vayás a desmayar, cabrón —le pidió, mientras el herido gemía—. Así, tranquilo, tranquilo. Seguí hablando.

Maca apareció desde atrás, se acercó a los intrusos amenazándolos con una pistola.

—Ni se te ocurra —musitó, viendo al chico que atendía al herido.

—Sos un hijo de puta, lo has matado.

—Ese cabrón está vivo.

—Lo has matado —sollozó el otro, con amargura.

—Que está vivo, te digo —insistió Maca.

El chico tomó la piedra y se levantó de un salto para abalanzarse sobre Maca, quien retrocedió dos pasos antes de disparar.

—¡Por Dios! —exclamó Ábrego, mientras alzaba las manos, como si ese gesto bastara para detener los acontecimientos.

La bala pegó en la mano del chico, que soltó la piedra y cayó de rodillas apretándose la herida.

—Me has jodido, me has jodido los dedos —gritó.

Antonio estaba paralizado, sin saber qué hacer o qué decir. Muchas veces había escuchado las historias de Maca, las narraciones de peleas en las que siempre acababa venciendo a su adversario. En una ocasión le contó cómo abrió la cabeza a un panameño de dos metros de altura con un bate de béisbol. Otra vez, cómo clavó un cuchillo a un hombre que estaba pegando a una mujer. En la espalda, le dijo. Y cuando el tipo cayó arrodillado sobre el polvo, lo sacudió a patadas. Eran muchas historias semejantes, pero hasta aquella mañana a Antonio le gustaba suponer que los cuentos de su amigo se conformaban con una cuota importante de imaginación.

—Vámonos de aquí —ordenó Maca.

Ábrego tomó a Antonio por el hombro y lo sacudió.

—Vamos, vamos —le dijo con urgencia.

—Me has jodido bien, cabrón, me has jodido bien —gritó el chico.

—¡Vámonos, pues! —gritó a su vez Maca, mientras Ábrego y Antonio ya caminaban hacia la salida.

—¡Si me dejás vivo, te voy a destrozar, hijo de puta! —clamó el chico.

—No, por favor —murmuró Ábrego—. Por favor.

—Ya no voy a hacer nada —dijo Maca, en el momento que salían por la puerta de la casa.

Subieron a la camioneta y arrancaron de inmediato. El portón estaba como lo dejaron, abierto. Atravesaron el lugar y ninguno de los tres se atrevió a mirar hacia atrás. Ábrego sacó una botella de agua de su mochila y bebió todo su contenido de una vez. Maca encendió la radio. Sonó una cumbia, pero cambió la emisora. Buscó algo lento. Encontró una vieja canción, en inglés. La dejó ahí. Cada uno se protegió en su silencio particular. Ábrego reparó en el estribillo de la canción, que conocía bien: *Where the street have no name*. La frase le decía demasiado en aquel momento.

6

Por la noche, las reclusas entraron al comedor y encontraron sobre una mesa dos ollas con sopa de vegetales. Algunas protestaron al probarla, que sabía rancia. También tenían café, pero no azúcar, además de algunas galletas saladas. Cenaron mientras en una radio se escuchaban las noticias del día, donde se anunciaba la llegada de un frente frío a la región, lo que haría bajar aún más la temperatura. Al terminar de comer fueron al baño para lavarse los dientes, y luego cada una a sus celdas.

En la celda de Sonia, las reclusas se sentaron formando un círculo, como si estuvieran de excursión y al centro hubiera una fogata. Una de ellas les contó su viaje por el desierto de Sonora, camino de Los Ángeles. No había llegado a ver la ciudad estadounidense; los agentes de la Migra la capturaron al cruzar la frontera. El desierto, les aseguró, era hermoso y caliente como un marinero hondureño que conoció en el puerto de La Unión a sus quince años. Todas rieron cuando dijo la frase, incluso Sonia. Luego, la misma mujer les contó que en el desierto existían unas cuevas enormes donde vivía gente. Les aseguró que pasó en aquel lugar tres días, y que era enorme como una ciudad bajo tierra.

—¿Y qué se comía en ese lugar? —preguntó una.

—Pues lo que se come arriba: tamales, tacos, lo que sea. Incluso probé serpiente, y no estaba mal.

—¿Sabía a pollo? —dijo otra.

—Pues sí, sabía a pollo —repuso la mujer—, y estaba buena. Pero en esos días siempre tenía hambre, así que a lo mejor me sabía bien por eso.

—A lo mejor era así. Una con hambre puede comer mierda y le sabe bien.

—A mí me gustaba ese lugar porque era muy tranquilo —agregó la mujer—. No había peleas ni nada. Y pasaba un río por allí, y hasta pescaban.

—¿Bajo tierra? —preguntó una más.

—Pues sí, bajo tierra.

—¿Y eran pescados normales? —quiso saber otra.

—Pues sí, pendeja. ¿Y qué creés? ¿Que tenían tres ojos?

—Pendeja vos —se defendió la aludida—. Pero, pues sí, si vivían bajo tierra, no sé, eso no es muy normal.

—Pues estos eran bien normales. Y el río era normal también. Una no se imagina lo que es eso, pero la gente decía que los indios encontraron esas cuevas y que algunos de ellos, que habían vivido toda su vida allí, hasta aprendieron a ver en la oscuridad.

—¿Y por qué no te quedaste allí, pendeja?

—Pues por eso mismo, por pendeja.

Otra vez las mujeres se echaron a reír. Luego de un rato, cada una fue acostándose en su colchoneta. Alguna se quejó de que la noche anterior una rata había corrido sobre ella. Otra le aconsejó que se acostara con el rostro tapado, por si había más ratas, no fueran a morderle la boca o los párpados.

Luego de un rato, el lugar se quedó en silencio, hasta que se escucharon unos ronquidos.

—Ya está esta pendeja otra vez dando concierto —se quejó una.

—¡Rosalía! —gritó otra más, y la mujer que roncaba despertó y masculló algo ininteligible.

Sonia, hecha un ovillo en un rincón, pensaba en la historia de la cueva bajo el desierto, en lo bueno que hubiera sido marcharse con Tomás. Por mal que hubiera salido todo, al menos estarían juntos. Como siempre, se preguntó qué estaría haciendo su chico en ese momento; supuso que quizá comiendo con Antonio y con Maca, o quizá estaba en la Universidad. No sabía nada de él desde hacía mucho y, sin embargo, para ella aún era su chico. Su único recuerdo. El único que quería conservar del pasado.

Sonia fue condenada por un juez a treinta años de prisión, acusada de haber asesinado a su bebé. Un bebé no nacido. Sin nombre. Sin rostro. Era solo una chica cuando sucedió, una chiquilla que despertó una mañana en casa de su amiga Ester sobre un colchón tendido en el suelo, junto a su amiga y otro chico, no mucho mayor que ella, al que le apodaban Brujo. Sonia sintió un dolor agudo en el vientre y en las piernas, que tenía llenas de pequeños moretones. No recordaba cómo había llegado hasta aquella casa ni qué estaba haciendo el Brujo ahí, tendido junto a ellas. No era su amigo, pero todos en el barrio sabían que se trataba de un delincuente de los que controlaban la zona. No querías juntarte con el Brujo ni tener un problema con él o con sus amigos. No querías que te sorprendieran mirándolos o hablando a sus espaldas. Podías saludarlos, pero poco más. Te conocían, sabían que pertenecías al barrio y por ello tenías derecho a vivir en tu casa, pero debías reconocer que la zona pertenecía al Brujo y sus amigos.

Sonia se levantó y fue al baño. Sintió un ardor terrible al orinar. Al salir, se encontró a Ester en la puerta. Cuando Sonia le preguntó qué hacía el Brujo ahí, Ester le dijo que él se había encargado de cuidarlas.

—¿Cuidarnos de quiénes?

—¿No te acordás de nada?

—No. Me duele la cabeza. Me duele todo. Tenés que decirme…

—Se pusieron locos los amigos del Brujo.

—¿Quiénes?

—El Puskas y otros que no sé cómo se llaman. El Brujo también, pero cuando se pasaron, él los calmó.

—¿Nos cogieron?

—Yo no me voy a meter en eso —dijo Ester—. Además, vos quisiste.

—Pero, si no me acuerdo de nada, ¿cómo voy a querer?
—Callate, que podés despertarlo —pidió Ester.

Sonia recordaba imágenes inconexas, pero jamás bebía más de dos cervezas, de eso podía estar segura. Recordaba una mesa, pollo frito, el cumpleaños de Julia, su amiga, la hermana de Antonio, y luego una escena en una casa llena de chicos, quizá otra fiesta, y muchos de ellos fumando un mismo cigarrillo.

—¿Me pusieron algo en la cerveza?
—Yo no sé, Sonia. No sé, no sé, no me preguntés a mí.
—¿Y a quién le voy a preguntar?
—¿No ves que no tengo nada que ver? Solo te trajeron acá. A mí dame las gracias, pero no me preguntés cosas que no sé. Y mejor te vas, antes de que el Brujo se despierte.

Poco después, Sonia se enteró de que tampoco Julia recordaba todo lo ocurrido, pero a ella nadie se atrevió a tocarla, pues era la hermana de Antonio, y Antonio era íntimo de Maca, el hijo del señor Franco, y ninguno de esos chicos quería tener nada que ver con Franco, así que la dejaron tranquila. Julia fue quien le reveló a Sonia lo sucedido con más detalle: *Estabas acostada en la mesa del comedor, acostada hasta la cintura, y había dos sillas, una a cada lado, donde tenías las piernas separadas, y no sé quién, sin pantalones, tenía sexo con vos. Eso vi cuando desperté, pero me sentía tan mal que no pude levantarme, me quedé como en uno de esos sueños de parálisis, y cuando abrí los ojos en la mañana, estaba en mi cuarto, pero no sé cómo llegué allí.*

Ese fue el inicio de la sombra de Sonia. Los que abusaron de ella no eran sus amigos, pero sabían dónde vivía y los nombres de su madre y su padre, o qué estudiaba en la Universidad. También sabían que Tomás, su novio, estaría lejos, tal vez trabajando con Antonio y Maca, llevando una pareja de turistas a quién sabe dónde.

Tomás era un buen chico que acompañaba a su abuela al mercado, contaba chistes obscenos en las reuniones de amigos o escribía poemas cursis. Era íntimo con Antonio, a quien conocía desde niño. Un buen chico, dulce, risueño, y fue así hasta el día que tuvo que ir a ver a Sonia al hospital y un médico le preguntó sobre los moretones en las piernas de su novia. Entonces se enteró del abuso. Un dolor sombrío y terrible se enterró en él. La furia lo convirtió en alguien más, y la risa y los poemas cursis lo abandonaron, se volvió oscuro y silencioso y se alejó de la Universidad y de sus amigos, menos de Antonio. Cuando Antonio le preguntó si quería que lo comentara con Maca y el señor Franco, Tomás le dijo que lo pensaría. Ambos sabían qué podía significar aquello. Por suerte, el chico no lo tomó a la ligera. Al pasar las semanas, se hizo evidente que la chica estaba embarazada. Ninguno lo mencionó al otro. La posibilidad de que Tomás fuera el padre era casi nula. Ambos lo sabían. La mañana que la madre de Sonia lo llamó para comunicarle que la hija estaba en el hospital, que una hemorragia la había hecho perder al bebé, Tomás se sintió aliviado.

—¿Ella está bien, señora?

—Está bien, pero perdió al niño.

—Gracias a Dios ella está bien —susurró Tomás.

—Sí, gracias a Dios.

Los médicos acusaron a Sonia de causarse el aborto; también la policía. Ella lo negó, pero poco importó lo que dijo en su defensa. La acusaron de asesinato. Y la condenaron poco después.

A los violadores nadie los acusó de nada. Ni los padres de Sonia ni la chica se atrevieron a hacer una denuncia por miedo a las represalias. No tenían oportunidad. La policía dijo que no existían pruebas y no podían hacer un examen de ADN a todos los adolescentes de su comunidad. El caso quedó impune. Uno más entre tantos otros.

A Sonia nadie le dio la posibilidad de ser una víctima, a pesar de que lo fue dos veces, ya que todos aquellos que debían cuidarla renegaron de ella, la maldijeron y la condenaron a perder la vida, no a la muerte, que quizá hubiera sido un acto de piedad, dadas sus circunstancias, sino al encierro en la cárcel de mujeres durante treinta años; la condenaron a habitar entre paredes de hormigón y barrotes de hierro, en un espacio que no es apto para una convivencia decente, con celdas abarrotadas mucho más allá de su capacidad, donde las reclusas cohabitan entre una inmundicia perpetua.

7

—Este paraíso es insoportable —dijo Ábrego.
Maca orilló la camioneta, detuvo el motor y miró a Ábrego.
—¿Se da cuenta de que eran ellos o nosotros? —le preguntó.
—Yo no sé nada —musitó Ábrego.
—Por muy bonito que sea un jaguar, sigue siendo un jaguar. Es lo que tiene este puto país —dijo Antonio.
—¿Podemos volver al hotel?
—También tuvimos mala suerte —agregó Maca.
—Nunca nos había pasado, señor —lo secundó Antonio—. Siempre llevamos a todo el mundo a los sitios, y nunca nos había pasado algo así. Fue mala suerte.
—Ya lo sé, y no los culpo, pero estoy muy…, muy impresionado. Jamás había visto que le dispararan a alguien. Donde vivo no hay ni policías en las calles, y esta mañana me han apuntado con una pistola y he visto cómo le quebraban la cabeza a un muchacho de una pedrada y cómo le disparaban a otro. Y todo eso a un metro de mí. Es demasiado. Demasiado para cualquiera.
—Pero ¿se da cuenta de lo que le digo? —insistió Maca.
—¿Que eran ellos o nosotros? —preguntó Ábrego.
—Sí.
Ábrego encogió los hombros.
—Sí, me doy cuenta, pero eso no significa que lo entienda o lo comparta. O lo acepte. No voy a decir nada, eso te lo aseguro. Solo no quiero problemas.
—Nosotros no somos el problema —se defendió Antonio.

—Ya lo sé —dijo Ábrego—. Pero prefiero encerrarme en el hotel a pasar el día. Y ya está.

—Si es lo que prefiere, nosotros haremos lo que nos diga —agregó Maca.

—Mejor así —sentenció Ábrego.

Maca encendió el motor y emprendió la marcha. Menos de una hora más tarde, llegaron al hotel.

Ábrego bajó de la camioneta y los chicos hicieron lo mismo.

—Por los servicios —dijo Ábrego, y entregó un billete de veinte dólares a cada uno.

—No es necesario, no hemos estado más que un rato —protestó Antonio.

—No importa. Han hecho lo que han podido, y no es culpa de nadie —respondió Ábrego.

—Espero que esté bien —le deseó Antonio, y extendió la mano.

Ábrego se la estrechó con torpeza y luego le dio una palmada en el hombro.

—Todo está bien, muchachos. Solo quiero descansar, beberme mi té y pasar el rato.

—Quedamos a la orden —ofreció Antonio.

Ábrego asintió, y caminó hacia el interior del hotel.

Antonio y Maca lo observaron perderse en las sombras, antes de volver a la camioneta. La mañana seguía siendo fría. Un sol leve desaparecía tras las nubes grises. La gente vestía con suéteres y bufandas. Al regresar a la camioneta, Antonio tomó su teléfono y revisó los mensajes. Lucy seguía sin escribir. Guardó el aparato en la mochila, que dejó en el piso, en medio de sus pies.

—¿Y vos qué, todo bien? —preguntó Maca, antes de encender el motor.

—Sí, pero me preocupa el gringo —respondió Antonio.

—No va a pasar nada.

—Ya…

—Y si pasa, es mi asunto —agregó Maca—. Pero no creo que sea tan imbécil de decir algo. Además, ¿qué va a decir? Si le hemos salvado el culo a ese cabrón. Eso sin contar que nos tiene miedo.

—Te tendrá miedo a vos.

—Lo que sea, pero se cagaba del miedo —aseguró Maca—. Lo menos que va a hacer es denunciar algo, eso seguro.

—Ya lo veremos.

—No va a pasar nada, Antonio —insistió Maca—. Y si pasa, ya sabés que todo es mi culpa. Además, es que fue así.

—Fue durísimo —musitó Antonio.

—Ya lo sé. Te quedaste tieso —dijo Maca.

—Normal, le quebraste la cabeza a un tipo y le disparaste a otro… ¿Qué mierda esperabas?

Maca puso la mano sobre el hombro de Antonio.

—Perdoname, cabrón —dijo a su amigo.

—Bueno, ya está. No pasa nada, Maca.

—Se me fue la cabeza —agregó Maca—. ¿Qué le vamos a hacer? Pero *sorry*, cabrón…

Maca observó a Antonio con una sonrisa. Eran amigos desde niños. Su vida se unía y se separaba en una sombría línea del tiempo que corría a lo largo de los años. Maca había entrado y salido de la correccional de menores, una vez por robo a mano armada en un restaurante y otra por participar en una golpiza contra un repartidor de agua purificada. Entonces tenía catorce años y estuvo en la correccional hasta los diecisiete. Al salir era otro, y dejó de juntarse con los antiguos amigos del barrio, salvo con Antonio, a quien empezó a acompañar los domingos por la mañana al hogar de huérfanos donde se reunía con un grupo de Iglesia. Luego de unas semanas, Maca le dijo a Antonio que aquello no era para él y dejó de asistir. En cambio, lo invitó a una comida a él y a Tomás por su cumpleaños. No hubo ningún invitado más.

En esa ocasión conocieron al señor Franco, quien les preparó gallo en chicha y les contó de cómo era vivir en las montañas de Alaska, donde había cazado zorros para comercializar la piel: *Te pagan bien si encuentras uno blanco, pero matabas lo que sea en esa montaña, osos, alces, lo que sea. La carne de oso la llevábamos a los restaurantes. Era buena si la preparaban bien*. Ambos chicos quedaron fascinados tanto con las historias de Franco como con su cocina. Aseguraba que la receta para preparar el gallo la había aprendido de su abuela, que murió a los ciento nueve años de edad. Para entonces, Maca se hizo inseparable de Antonio. Eso a pesar de que en casa de Antonio no era muy bien visto. Su hermana Julia le advirtió lo que se decía en el barrio: que Maca era peligroso y el señor Franco tenía un pasado sombrío, vinculado al asesinato a sueldo y al tráfico de estupefacientes. *Dicen que ha sido sicario de un narco*, alertó a Antonio su hermana. *También dicen que Maca es capaz de lo que sea. Aquí les tienen miedo.* Antonio no quiso escuchar. Pero ni Franco ni Maca le dieron motivos para alejarse de ellos. No lo hizo ni siquiera cuando a Franco le dio por contar lo que había sido capaz de hacer para sobrevivir en el desierto entre México y Estados Unidos, o al volver al país, o en las montañas de Guatemala. Cuando contaba esta clase de historias, se aseguraba de agregar que todo eso quedaba atrás, era otra vida, una que tuvo que vivir obligado por las circunstancias. Cuando empezaron a trabajar juntos en el transporte de turistas, los lazos entre Maca y Antonio se hicieron más fuertes. A pesar de que tenían la misma edad, Maca acostumbraba mirar a Antonio con una consideración paternal. Sabía que Antonio era distinto, y en esas calles distinto significaba que no se metía en problemas, que no pertenecía a ninguna organización criminal, que buscaba trabajos decentes, que asistía a la Universidad, a la iglesia, a las procesiones de Semana Santa. Un buen tipo, uno que, si había presenciado un hecho como

el de esa mañana, era por casualidad, porque estaba en el lugar inadecuado en el momento menos conveniente.
—Eran ellos o nosotros —dijo Antonio.
Maca sonrió y asintió. Entonces volvió a arrancar el coche y manejó hacia el sur.

8

Tomás llevaba varias semanas en la oscuridad cuando escuchó aquel sonido por primera vez: un chillido leve, acompañado de un ruido de patitas veloces que se desplazaban. Se escondía en el interior de una antigua cisterna, sin uso desde hacía más de una década. Era habitual que el servicio de agua potable fuera deficiente en toda la ciudad, así que, si tenías algo de dinero, podías instalar una cisterna que solucionara el problema. El padre de Tomás había cavado él mismo aquel espacio en mitad del patio durante un verano, en sus ratos libres. Como la casa colindaba con un predio baldío, pues estaba situada al final del pasaje, cavó por debajo del muro, como lo haría un preso que quiere escapar de la cárcel. Tres cuartos de la improvisada habitación de Tomás se encontraban dentro de su propiedad, y un cuarto fuera de la misma. Tras el muro, Tomás sabía que existía una instalación de aguas negras. Era habitual escuchar el ruido del agua fluyendo por allí, en dirección al río cercano.

Cuando condenaron a Sonia, no solo su vida acabó; también la de Tomás y la de muchos de aquellos que la querían y sabían quién era. La tarde siguiente a la condena, Tomás acompañó a su amigo Jonás a la iglesia. La idea no le agradaba, pero Jonás fue tan insistente con la invitación que acabó por aceptar. Jonás pasó a traer a Tomás en su motocicleta. Mientras esperaban el cambio de luz en un semáforo, Tomás observó que el chico al que llamaban Puskas caminaba con otros dos, a unos metros. Tomás bajó de la moto, se agachó y cogió una piedra. Jonás no supo qué sucedía, pero apuró a Tomás cuando la luz del semáforo cambió. Al pasar junto a Puskas, Tomás lanzó la piedra, que dio de lleno en la cabeza del otro y le provocó una herida por la que recibió doce puntadas. Una venganza nimia. Ridícula. Y también su propia condenación.

—¿Qué mierda hiciste, Tomás? —gritó Jonás, que aceleró la motocicleta—. Me has jodido, me has jodido.

—Ya está, ya está.

—Estos te van a encontrar a vos, pero también a mí. Nos van a matar a los dos. ¿Cómo se te ocurre? ¿En qué estabas pensando?

—Ya está. Dejame aquí.

Jonás no hizo caso. Detuvo la motocicleta mucho después. Cuando se despidieron, Jonás sabía que tenía que marcharse de inmediato de la ciudad.

—Suerte, Jonás. Y perdoname, no lo pensé.

—Ya está hecho, pero me has jodido. Me has jodido. Voy a tener que irme donde mi tío a San Miguel. O no sé. Ya veré qué mierda hago.

Tomás corrió a través de las colinas que rodeaban el barrio donde vivía. Entró a su casa por el patio, en la oscuridad. Encontró a su abuela fuera de sí, alterada. Le contó que unos chicos habían llegado preguntando por él. Quiso saber lo ocurrido, pero Tomás no se lo reveló; le dijo que era algo que tenía que ver con Sonia.

—Tenés que irte de aquí, hijo.

Escucharon unas voces afuera. Se quedaron en silencio. Las voces se acercaban y se alejaban. Cuchicheos ininteligibles.

—Voy a bajar a la cisterna —susurró Tomás.

—No, hijo, tenés que irte.

—Ya no puedo salir.

—Pero allí no podés estar mucho tiempo. Tenés que irte ya.

—No…

Cuando su hermano vivía con ellos, introdujo en la cisterna vacía un colchón inflable, una mesa, unas velas, y dijo que sería su estudio, al que llamó La Madriguera. Ocupó aquel lugar insano para llevar a una novia. Una tontería adolescente, pero que le brindaba privacidad. Ahora le tocaba a Tomás habitar en aquella oscuridad.

Nada pasó ni el primer día ni el siguiente, pero al tercer día tres chicos, entre ellos Puskas, volvieron a preguntar a la abuela por su nieto, y ella les confesó que estaba preocupada porque tenía tres días de no llegar a la casa, que no sabía nada de él y que, si no volvía al día siguiente, iría a buscarlo a los hospitales y la morgue. Le creyeron porque nadie sabía nada del chico. Si algún vecino lo vio llegar, no pudo o no quiso delatarlo.

Tomás se encerró como ya lo estaba Sonia, su chica. Se encerró en la oscuridad bajo tierra, en el territorio de las ratas y los muertos, sintiéndose él mismo un muerto viviente. Llevó sus cuadernos, sus lápices, sus bolígrafos y sus historietas; rompió su celular y se negó a escuchar música y recibir mensajes; se negó a casi todo, incluso a pensar en Sonia, y se entretuvo escribiendo y dibujando la extraña y terrible historia de su personaje, al que llamaba Putman, un temible asesino capaz de acabar con todos aquellos que le rodeaban.

Tomás no podía saber qué hora era en aquel lugar sin ventanas y cuya única puerta quedaba encima de su cabeza y no se abría salvo cuando su abuela le llevaba algo de comer. El animal chilló y el chico se preguntó si estaba dentro. Se sentó en la cama, tomó una lámpara, la encendió y apuntó el haz de luz hacia el suelo, pero no distinguió nada. Se puso de pie sobre la cama, encendió el interruptor de la linterna, y la pequeña habitación se iluminó. Dejó la linterna sobre la cama, buscó la escoba que tenía en la cabecera y la tomó con ambas manos. Con el rabillo del ojo creyó ver una sombra que se escabullía bajo una mesa de madera, detrás de unos libros apilados. Aunque detestaba la idea, comprendió que no podía hacer otra cosa que acercarse a revisar. Luego, dudó. Quiso creer que no había sido nada. Era una habitación cerrada por todas partes, no había manera de que una rata hubiera entrado. Trató de relajarse. *Mierda,* exclamó para sí. *Mierda, mierda, mierda,* repitió.

Se asomó al borde de la cama para mirar detrás de los libros. Estiró el brazo e hizo que la escoba empujara débilmente los volúmenes que se apilaban en el suelo. Si los hacía caer y había un animal detrás, este escaparía. Pensó que era su única opción. Empujó un poco. Un poco más, pero nada. Los libros apenas se movieron. Eran pesados. Tomás se preguntó si serían capaces de matar un ratón. *Un ratón quizá sí,* se dijo, *pero no una rata de buen tamaño.* Respiró y decidió hacerlo una vez más. Empujó un libro con la fuerza suficiente para hacerlo caer. Se escuchó un golpe sordo, pero ningún roedor corrió ni volvió a chillar. El chico respiró con alivio.

Mierda, volvió a decir, esta vez en un tono distinto, aliviado.

Sin pensarlo, dejó caer el pie izquierdo en un movimiento para bajarse de la cama. Se paralizó cuando creyó sentir la delgada cola larga y dura de una rata que corría para esconderse bajo la cama, en las sombras.

9

Antes del final de la mañana, Maca estacionó la camioneta en un predio frente al mar, junto al muelle de La Libertad.

—No podemos volver temprano —había dicho a Antonio—. No quiero que me estén preguntando si ha pasado algo.

—Sí, yo sé.

Acordaron almorzar pescado fresco en alguno de los restaurantes junto al muelle, los cuales compraban el producto a los pescadores locales que amontonaban allí sus pequeñas lanchas. El muelle era de madera, las lanchas se subían con unas poleas ruidosas, y en el acto se vendía la pesca del día: lenguados, rayas, boca colorada, lo que fuera que el mar les hubiera entregado. Maca y Antonio habían llevado hasta allí a docenas de turistas, pero era la primera ocasión que se tomaban un tiempo para ellos.

Al llegar al lugar, descubrieron que el mar estaba picado, el viento del sur provocaba olas enormes y no había ni pescadores ni bañistas. La marea era tan alta que había entrado al pueblo. Los restaurantes de primera y segunda línea estaban inundados. En el cielo no había nubes. Ni gaviotas. Un barco enorme como una isla atravesaba el horizonte. Los pescadores se quejaban, pues no habían podido trabajar. Una mujer contaba que, al oriente del país, en la playa El Espino, habían encontrado en la madrugada una docena de ballenas muertas, y muchos eran de la opinión de que el olor de la muerte había atraído a las gaviotas que, seguro, estarían rapiñando carne de ballena.

Luego de un rato, Maca y Antonio decidieron irse, y buscaron un restaurante de mariscos lejos de la playa. Comieron pescado frito y bebieron dos cervezas cada uno. Pasaron el rato hablando sobre lugares que querían conocer. Maca solía decir que, al cumplir los treinta, se embarcaría en un ballenero, pasaría diez años en el mar y volvería siendo un hombre rico. *Con diez años basta*, aseguraba. Antonio dijo que era una buena estrategia, que lo mejor era marcharse del país, que era preferible. Más tarde, compraron refrescos a un vendedor ambulante. Cuando recordaron lo de las ballenas, buscaron la noticia. Resultó que no era una docena sino diecinueve ballenas, todas muertas a lo largo de la playa El Espino.

—El frío, las ballenas muertas, no hay pájaros. Algo pasa —dijo Maca.

—Puede ser —respondió Antonio.

El cielo gris ensombrecía la tarde. Observaron la niebla bajar por la cordillera, lenta como la procesión del entierro de una matriarca. El aire que al mediodía fue tibio se volvió frío otra vez, y los chicos regresaron al coche. Maca durmió la siesta, pero no Antonio, que se entretuvo jugando sudokus. Hacía los difíciles y se retaba para realizarlos en menos de diez minutos. También revisó si Lucy estaba conectada. Era así, pero seguía sin escribir. Cerca de las tres, durmió unos minutos. Cuando Maca despertó, fue por dos cafés. Él lo tomaba amargo, negro; Antonio, con una de azúcar y leche o cremora. Bebieron el café a pequeños sorbos, sin hablar. A las cuatro decidieron que ya era suficiente y volvieron a la ciudad.

—Nos vamos a encontrar el tráfico de las cinco, así que igual vamos a llegar bastante tarde —anunció Maca.

Antonio y Maca viajaban a través de la carretera hacia la capital cuando pasaron junto a un promontorio de basura repleto de zopilotes, que parecía una pequeña colina. Era habitual encontrarlos a lo largo de las carreteras, siempre despidiendo humo como si estuvieran continuamente incendiándose. De niño, a Antonio su abuela paterna le contó muchas veces que en una ocasión observó gigantes salir de un basurero. Le aseguró que eran oscuros y más altos que cualquier persona que hubiera visto jamás; no poseían rostro, pues donde debían estar los ojos y la boca se veía una mancha blancuzca, y sus piernas eran el doble de largas de lo habitual. Por eso, según la abuela, él no debía acercarse a esos lugares, que, por si fuera poco, estaban repletos de ratas, perros salvajes y zarigüeyas, y cualquiera de esos animales podía morderlo. Aquella historia era una de las pocas cosas que Antonio contaba sobre su abuela a los amigos o a la misma Lucy. La abuela había jurado al nieto que había sido raptada por uno de esos personajes, que estuvo cautiva por tres días en una cueva al interior de una montaña descomunal de basura, que se alimentó de leche de quién sabe qué animal y mendrugos, y que, para liberarla, el espectro había sido cazado por las gentes del pueblo donde vivía. Cuando alguien le preguntaba si creía en la historia, Antonio jamás revelaba sus pensamientos; en cambio, decía estar convencido de que su abuela lo creía, que para ella aquel cuento no era una invención sino un testimonio, y esa era la razón por la cual no dejaba de rezar a toda hora, acosada por los recuerdos sombríos que la torturaban a través de las pesadillas que había sufrido a lo largo de su vida.

Antonio recordó la historia, que asoció con las columnas de humo que se levantaban del promontorio de basura.

—Qué tufo espantoso —dijo Maca—. Seguro debe haber algún cadáver en medio de la basura. Uno o varios. Y se los deben estar zampando los zopes.

—Puede ser —respondió Antonio.

—Sí que estás hecho una mierda, Antonio. Espero que no te joda lo del gringo.

—No, no es eso, ya sabés.

—No sé, por eso te pregunto. Aunque te he visto mirar el teléfono doscientas veces. Sos necio.

—Es pura inercia —se defendió Antonio.

—Ahora mismo, lo tuyo es tener piel de tobogán, que te resbale todo —siguió Maca—. Que te resbale el gringo, la Lucy, tu mamá, la carretera, el país y el puto mundo entero. Como te dijo Franco, hay un momento en que la única libertad que podemos tener es la libertad de mandar todo a la mierda.

—Si fuera tan fácil…

—Es fácil, pasa porque uno quiera. Es lo que es —concluyó Maca, tan sonriente como seguro.

La fila de automóviles era tan extensa como esperaban a esa hora. La noche prematura bajaba de los cerros como otra niebla. Más allá de la carretera, observaron el volcán. Dos ambulancias bulliciosas pasaron en dirección contraria, rumbo al puerto. A un lado de la carretera, una mujer vendía suéteres de segunda mano. Antonio revisó en su teléfono la temperatura: doce grados Celsius. Se preguntó si las iglesias del barrio ya estaban anunciando el apocalipsis.

10

Franco dormía sobre una tabla de madera cuando lo despertaron unos ladridos. Llevaba unas horas allí, a la vera del río Acelhuate, sin importarle el olor a fango y aguas residuales, ni que aquella parte de la ribera no fuera más que un interminable basurero. Había caminado por aquel paraje desde niño. Sabía que su propio abuelo había recogido cangrejos allí en una época en que las aguas del río eran transparentes y fluían sobre las piedras y no sobre los desperdicios acumulados durante años.

Franco descubrió un perro sobre una piedra, casi en medio de la corriente, y a otros dos en la orilla opuesta. Tres pitbulls adultos, flacos, sin collar, nerviosos, amenazándose entre sí. Sin moverse, se palpó buscando la mochila. Introdujo la mano y tocó la pistola. Dos de los perros se enfrascaron en una pelea. Franco pudo ver cómo uno mordía en el cuello al otro. El tercero se unió a la escena y corrió alrededor de los combatientes. De pronto, el perro que tenía al otro del cuello lo soltó y miró con fijeza a Franco. El perro que corría dejó de hacerlo y miró en la misma dirección. El que estaba lastimado se incorporó y se alejó, pero pronto se detuvo e hizo lo que los otros.

Franco se levantó y disparó al perro a la derecha. El disparo le quebró una de las patas delanteras. El perro se revolcó chillando sobre el fango. El pitbull más alejado, el que estaba herido, corrió desesperado hacia Franco. De un salto casi llegó a la otra orilla. Entretenido por el paso de las aguas, avanzó. Franco disparó a la cabeza del animal, con tanta precisión que la bala entró justo en medio de los ojos. El perro cayó de inmediato, con la lengua de fuera y las cuatro patas rígidas. El tercero de los pitbulls corrió en dirección contraria, saltando sobre unos arbustos para perderse en la maleza.

—¿Quién habrá sido el hijo de puta que dejó libres a estos perros? —masculló Franco mientras recogía su mochila y se la echaba al hombro—. Hijo de puta, cómo es la gente, tiene uno que actuar por su cuenta. Quién sabe a cuántos han mordido ya. Estos te matan a un niño entre los tres, fácil. Hijos de puta.

Mientras Franco caminaba, el perro herido chillaba. Lo escuchó incluso cuando subió por una estribación hacia el puente y cuando dejó el puente atrás y llegó a la calle. Y pronto ya no supo si en verdad lo escuchaba o el chillido del animal solo estaba en su cabeza.

Franco no era su nombre, pero él pedía que lo llamaran así, un diminutivo de Francotirador, que era su profesión, según él mismo contaba. No era un hombre demasiado sociable y, cuando salía, jamás se reunía con antiguos conocidos o visitaba cafeterías a media tarde, pues detestaba verse en medio de un puñado de desconocidos que hablaban animosamente mientras comían un bocadillo o bebían una taza de café. A Franco le gustaba recorrer el río o el cerro San Jacinto, al sur de la ciudad. Lo suyo eran las laderas o los riachuelos, aunque también visitaba las iglesias, pero jamás cuando se celebraba una misa. Se sentaba en las bancas, donde permanecía sin hacer nada por una hora larga. A veces, se acercaba a alguno de los altares donde los fieles dejaban velas encendidas, solo para sentir el olor del fuego.

El señor Franco dejó atrás el río y se dirigió hacia el sur, hasta la parroquia de Nuestra Señora de Candelaria. Se detuvo en la acera de enfrente para contemplar el edificio. Pensó que ya nadie se detenía a admirar aquella iglesia construida en 1816, con su fachada de madera y sus cuatro columnas que imitaban las de un templo griego. Una cúpula con un reloj quedaba en segundo plano, antes de dar paso a una nave con techo a dos aguas. No era una iglesia monumental, pero al señor Franco le gustaba admirarla desde la distancia.

Poco después avanzó por la avenida Cuscatlán hacia el centro de la ciudad, y pronto se encontró con el edificio echado a perder del antiguo Cine Apolo. De joven, había visto en su sala películas de Hitchcock y Bergman; se enamoró de Grace Kelly y de Audrey Hepburn, a quien escribió numerosas cartas, algunas traducidas al inglés. En esa época él era otro, y la ciudad también. Extrañaba la antigua sencillez, los escaparates adornados con las últimas novedades o la elegancia de los hombres que llevaban saco y sombrero, incluso en los días de verano. Cada viernes por la noche, asistía al cine con sus amigos o la novia de turno. Al salir, caminaban hasta el parque Hula Hula, a pocas cuadras de allí, para comer un bistec o unos panes rellenos de frijoles fritos. Si iba con amigos, podía pasar muchas horas en aquel lugar, jugando a las cartas, bebiendo o hablando tonterías, hasta que decidían volver a pie, o en el primer autobús de la mañana. Otras épocas, cuando era joven y no le molestaba la compañía de los otros.

Franco siguió su camino hasta llegar al parque Hula Hula. Salvo el nombre, no existía nada en aquel lugar que le recordara su antigua belleza. Pasó de largo escabulléndose en medio de la multitud que se aglomeraba allí, pues, a lo largo de toda la calle frente al parque y más allá, cohabitaban de alguna forma docenas de casuchas de lata donde se comercializaba casi cualquier cosa, desde calzado hasta teléfonos móviles, ropa, frutas o remedios naturales. Atrás de esos diminutos locales, que se construyeron sobre las aceras, asomaban los escaparates de los antiguos restaurantes, almacenes y farmacias. No era agradable caminar por allí, pero el señor Franco estaba acostumbrado y no le daba ya ninguna importancia. Pronto, cruzó en la Quinta Avenida Sur hacia la calle Arce, y siguió hacia el poniente.

Un par de calles más adelante, llegó hasta una venta de pollo frito. Revisó el dinero que llevaba en el bolsillo, y, como era suficiente para comprar uno entero con papas fritas, hizo la fila. Contó veintitrés personas antes que él, pero el pollo era tan bueno que la espera valía la pena. Tenía solo unos minutos de haberse formado cuando oyó tres disparos. Un murmullo se escuchó entre la gente, nerviosa. Un cuarto disparo sonó, incluso más cerca. El señor Franco calculó la distancia; sabía que el sonido venía de la calle paralela, quizá una cuadra hacia el poniente. Dos, a lo sumo. La fila se disipó, pues la gente buscó resguardo dentro del local de pollos, pese a la protesta del chico que custodiaba la puerta.

—Alguien está cazando —susurró el señor Franco para sí—. Y si alguien está cazando, quiere decir que alguien acaba de morir, pum, pum, *my friend*, y hasta luego.

Franco cogió su mochila, abrió el zíper y metió la mano. Palpó la pistola. Nadie, salvó él, permanecía en la fila.

El día aún era claro, pero se había vuelto frío.

11

Un aroma de frijoles hervidos recibió a Antonio al entrar en casa. El salón estaba a oscuras, pero el chico no encendió el interruptor de la luz. Caminó hasta la cocina, agarró una cuchara y probó los frijoles; le parecieron faltos de sal, así que tomó una poca, la echó a la olla y los removió. Volvió a probarlos: estaban bien. Cuando su padre, Antonio José, estaba con vida, era él quien se encargaba de la comida la mayoría de las veces. Fue así incluso cuando enfermó. Entre sus siete y sus diecisiete años, Antonio acompañó a su padre al mercado, casi siempre antes de las siete de la mañana, que era la hora buena para encontrar el mejor producto. Disfrutaba aquellas visitas, salvo cuando compraban hierbas aromáticas a una anciana que viajaba desde un caserío sin nombre enclavado en el volcán de San Salvador. Era una mujer diminuta de no más de uno cincuenta de estatura; vestía siempre el mismo vestido con delantal blanco, las mismas sandalias de hule, y amarraba su cabello gris en una trenza que le llegaba hasta la cintura. Tenía manos menudas, hábiles para envolver los manojos de hierba fresca. Jamás dejaba de sonreír al hablar y se despedía siempre con la frase *La Virgen me los bendiga*.

Cada vez que se encontraban, la anciana hablaba con ellos del mismo tema: el ataque del ejército a Nahuizalco, su pueblo natal, situado en el occidente del país. El abuelo de Antonio era también originario de ese lugar, así que la historia de la anciana era demasiado parecida a la que su abuelo hubiera podido contarle, de haberlo conocido.

—Sucedió en enero del 32 —empezaba la anciana.

En algún momento de su relato, el señor Antonio José intervenía para revelar que su propio padre le había contado algo similar muchas veces.

El abuelo de Antonio se llamaba Gaspar y vivió parte de su niñez en el occidente del país, en una finca de café donde sus padres fueron colonos. Poseían una pequeña parcela en la que sembraban hortalizas, pero sus labores eran las de cultivo y recolección del fruto de las plantas de café, que en esa época aún gozaban de buena salud comercial y que habían hecho ricos a unos pocos latifundistas desde finales del siglo XIX. Pese a la bonanza económica de la zona, la mayoría de sus trabajadores recibía un salario con fichas que solo podían cambiarse en las tiendas instaladas en las mismas fincas que los empleaban. Fuera de aquellos lugares, su paga no poseía valor alguno. Muchos de ellos empezaron a sentirse esclavos, y no les faltaba razón. Estaban atrapados en un sistema que en la mayoría de los casos era cruel y abusivo. Intentaron liberarse de la opresión en enero de 1932. Tomaron sus machetes, sus garrotes y sus cuchillos, y atacaron las casas de sus patrones y las alcaldías locales. Gaspar, que entonces era un niño de siete años, fue enviado a las colinas como centinela, junto a otros. La segunda noche se quedó dormido amarrado a las ramas altas de una ceiba. Lo despertó su padre, quien le pidió que bajara de inmediato, pues debían escapar. Cuando el niño le preguntó por qué, el padre le dijo que el ejército se acercaba. Gaspar era hijo único, algo poco habitual en aquella época. Nadie sabía la razón por la que su madre no pudo volver a quedar embarazada. Por más rezos, limpias, visitas al chamán, al brujo o al sacerdote de turno, no pudo resolver su problema, y se quedaron con un solo niño, que cuidaron como un tesoro. Gaspar huyó junto con sus padres y dos tías, ambas hermanas de su madre, a través de los cerros cercanos hasta el bosque El Imposible, donde se refugiaron en unas cuevas de las que se decía eran tan profundas que se enterraban por kilómetros dentro de la montaña. Mientras la familia de Gaspar huía, en las fincas y los pueblos de occidente el ejército remataba a cualquiera que pareciera un campesino. Nunca se supo cuántos murieron; se dice que cayeron entre veinticinco mil y treinta mil en apenas cuatro días de aquel fatídico enero, cuando los muertos no pudieron ser contados y el olor a sangre hacía vomitar a los niños en cientos de kilómetros a la redonda.

Semanas más tarde, Gaspar y su familia llegaron hasta las montañas del norte del país, donde pasaron desapercibidos, en parte porque nadie quería saber nada de los forasteros, nadie quería dirigir la palabra a aquellos desconocidos con la ropa hecha jirones a los que observaron comer pescados crudos a la vera del río o asar conejos que desollaban con sus propias manos.

—Mi papá me contaba que él pasó un mes escondido en una cueva en el bosque El Imposible —refería el padre de Antonio—. Un mes o más, escondidos del ejército, que había masacrado a todos en la finca donde trabajaba.

—Yo no sé ni cuántos días pasamos allí con mi mamá —seguía la anciana—. No teníamos nada que comer, pero mi mamá, como tenía a mi hermano de pecho, me daba leche a mí también, y yo ya había cumplido los siete años.

—Mi papá se escapó de la masacre en el 32, pero no en la que le tocó, en el 81. Yo lo vi morir…

—Yo nunca volví a Nahuizalco —agregaba la anciana—. Todos mis parientes están enterrados allí, pero no sé dónde. En alguna zanja, pero quién sabe cuál.

—Tampoco sé dónde quedó mi papá. Mataron a todo el pueblo. Hombres a un lado, mujeres al otro.

—Si supiera dónde está mi papá, le llevaría flores y le iría a rezar —añadía la anciana—, pero como no sé, nunca voy. ¿Para qué?

—Si supiera quién era el militar a cargo de los que lo mataron, lo iría a buscar.

—Pensar en eso no sirve de nada —decía la anciana.

—Sí, eso lo sé, pero cada vez que me acuerdo me da rabia y quisiera hacer algo así, buscarlo y hacérselo pagar, que sientan que no son impunes.

La conversación se repetía una y otra vez. Jamás se hablaba de otra cosa que no fuera la tragedia. Nunca hubo una historia feliz, jamás un cuento amable o fantástico; el único tema que podían recordar era el de la muerte. Una sola cosa de lo que se contaba sorprendía a Antonio: cuando la anciana repetía que, luego de pasar semanas en la oscuridad, ya no distinguía los vivos de los muertos.

—Le juro por la Virgen que fue así —decía la anciana, emocionada—. Eso no lo voy a olvidar nunca. Cuando hablábamos con mi mamá, también estaba mi papá muerto con nosotros, y mis tíos. Y todos, los vivos y los no vivos, éramos sombras.

—¿Y su mamá también los veía? —preguntaba el niño Antonio.

—Sí, los veíamos todos, pero no hablábamos con ellos.

—¿Y cómo eran?

—Ya te dije, eran como sombras, pero todos éramos sombras en esas cuevas. Lo malo fue que, al salir, mi papá y mis tíos se quedaron allí.

—¿En las cuevas? —preguntaba el niño.

—Sí, en las cuevas —afirmaba la anciana.

—¿Y nunca volvió a buscarlos?

—A las cuevas sí volví, luego de unos años, pero ya no estaban. Me dio una pena por mi papá, y siempre he pensado que él salió de la cueva para ir a buscarnos. A veces creo que el pobrecito todavía me anda buscando.

12

Al entrar al pasaje de casas donde vivía, Maca saludó a dos chicos que fumaban sentados en la acera, pero estos lo ignoraron. Oscurecía. Un olor a fritanga venía de alguna parte. Maca se acercó a los chicos.

—¿Pasa algo? —les preguntó.

—No pasa nada, varón —respondió uno de ellos, con una voz seria y tan dura como la expresión de su rostro.

—Bueno, pues, si no pasa nada, no pasa nada —repuso Maca.

—No, varón, tranquilo —dijo el otro—. Todo tranquilo.

Maca siguió su camino, dejándolos atrás.

Vivía en un pasaje paralelo al de Antonio. Casas a un lado y otro de un pasillo estrecho que avanzaba hacia arriba y al cual se accedía a través de una serie de gradas. En medio del pasillo había prosperado la hierba y unas pequeñas flores violetas, amarillas y blancas, semejantes a margaritas diminutas, un breve descanso para la vista en medio de las estructuras de ladrillo, que eran casi violentas, escarpadas, repletas de salientes. A mitad del camino, entre dos arbustos, brillaba una colonia de luciérnagas. De niño, Maca solía aprovechar ocasiones como esa para permanecer entre las ramas repletas de bichos luminosos, alucinado como un astronauta que asomara la cabeza fuera de su nave espacial.

En una ocasión, mientras buscaba frutas en el cerro San Jacinto, encontró un campo repleto de luciérnagas. Su primer impulso fue correr y lanzarse sobre ellas. Pero no lo hizo. No hizo nada. Observó el espectáculo un buen rato, como si no quisiera marcharse de aquel lugar, como si no quisiera volver abajo, al mundo, al otro mundo, a la casa donde vivía, donde esperaban que volviera con las naranjas, las guayabas y los mangos que se encargaba de buscar en el cerro.

    La casa donde Maca vivía era la penúltima del pasaje. Desde ahí se tenía una buena vista de la ciudad y los cerros que la rodeaban. Maca cerró la puerta y fue a la cocina, un cuarto de dos metros cuadrados, sin ventanas, que podía verse desde la puerta que daba hacia la calle, por lo que el chico notó lo rojo de la hornilla encendida en cuanto entró. Destapó una olla y aspiró el olor del estofado. Tomó una cuchara y probó el líquido espeso, delicioso, pero no supo identificar de qué se trataba. Entonces salió de la cocina, atravesó el desorden del salón y entró en la diminuta terraza, donde encontró al señor Franco sentado en una silla reclinable, desnudo, fumando un cigarro. No era extraña una escena como aquella, incluso si llovía.

    —Estoy cocinando el cusuco que cacé ayer —dijo el señor Franco, anticipándose a la pregunta.

    —No me dijiste —respondió Maca—. ¿Dónde lo cazaste?, ¿en el río?

    —¿Sabés qué significa la palabra *cusuco*?

    —Ni puta idea —dijo el chico.

    —Significa *una casa que rueda* —reveló el señor Franco.

    —¿Una casa que rueda? No parece muy pipil la definición; no es como *el que mira el horizonte, la sombra que desciende al mundo, la flor de cien colores* o esa clase de mariconadas.

    —Viniste más temprano —observó el señor Franco.

    —Acabamos temprano —dijo Maca.

    —Y el cliente, ¿qué tal?

    —Nos asaltaron, y tuve que partirle la cabeza a un pendejo.

—¿Sí?

—No fue mi culpa.

—Ya, ya lo sé. Pero matar así no es misericordioso —dijo el señor Franco.

—No lo maté —aclaró Maca.

—Mejor así.

—Le pegué, pero lo dejé vivo. Una mierda —agregó el chico, que se había sentado en una silla igual a la de Franco, situada junto a la de él. Una brisa fría llegó desde alguna parte y el chico recogió las piernas y apoyó el mentón sobre sus rodillas.

—¿Y Antonio estaba con vos?

—Pues sí, pero ya sabés cómo es. Se paralizó.

—En fin, era ese cabrón o ustedes. Y se hace lo que se tiene que hacer —dijo el señor Franco.

Cuando la brisa sopló más fuerte, Franco apagó el cigarro sobre el reposabrazos de la silla y luego estiró la mano y cogió su ropa, que estaba en el suelo. Se puso los calzoncillos, una camiseta, un pantalón de pijama. Maca lo observó vestirse. Luego, preguntó:

—¿Vos nunca te jodiste a nadie así?

—¿Pegándole en la cabeza? No, nunca, solo a animales. Seres humanos, *no way, my son*. Nunca me acerqué lo suficiente para recibir una sola gota de sangre de una víctima. Ni una. Nada. Pero es que no es necesario. Ni necesario ni misericordioso.

El señor Franco volvió a sentarse, echó la cabeza para atrás, pero de inmediato se incorporó y dijo:

—Me había perdido, pero he sido encontrado.

—¿Y quién te encontró? —preguntó Maca.

—Lo que ustedes llaman *el Padre*.

—Entonces, ¿hiciste algo hoy? ¿Fuiste a un culto y te bautizaron, o qué?

—No, pero he visto un camino en la niebla —dijo Franco—. En la niebla del centro de esta ciudad de muertos y miserables.

—No entiendo nada cuando hablás así —se quejó Maca—. Cuando te ponés en plan profeta de la Biblia, no entiendo una mierda. Hey, por cierto, he pensado una cosa que te quería preguntar.

—¿Qué cosa?

—¿Te acordás de todos los rostros, los rostros de los que te jodiste?

—Recuerdo algunos, pero a la mayoría de esos pobres cabrones ni siquiera los vi. Bueno, nunca he olvidado al primero.

—¿El de tus doce años?

—Sí, el de mis doce. Esa cara roja era la cara del demonio. Para mí fue el principio y el fin, alfa y omega. El maligno encarnado en un hombre. Pero no me tembló el pulso. Nunca me ha temblado. Ni a los doce. Y sé que el maldito ese estaba seguro de que un niño no podía meterle una bala en medio de los ojos. Seguro que se murió no creyéndolo, porque el disparo no le dio tiempo de pensar en nada más. Se lo merecía.

—En esos tiempos no sé si había muchos niños de doce dándole bala a la gente, pero ahora es común que pase, ya sabés.

—A lo mejor siempre fue así —siguió Franco—. Los niños son como ángeles caídos. Ángeles, pero caídos. Hay malignidad en ellos, aunque no lo sepan. Es lo que creo, y que el Señor me ampare de un niño desquiciado.

—¿A qué hora nos vamos a comer ese animal que tenés en el fuego? —quiso saber Maca.

—Ese animal lo hice hoy para que no se arruinara, pero para la cena tenemos pollito rostizado.

—Eso está mejor, pero mucho mejor —dijo Maca con una sonrisa.

Franco se levantó y entró en la casa. Diez minutos más tarde, mientras cenaban, anunció que algo estaba por suceder, algo enorme, que lo tenía decidido.

—¿Qué cosa vas a hacer, cabrón? —preguntó Maca.

—Sabrás lo que es cuando sea el tiempo propicio, porque nadie tendrá manera de no saberlo. Nadie puede mirar hacia otra parte en medio del apocalipsis.

13

Antonio calentó una tortilla y se sirvió frijoles en un plato hondo. Luego, pensó que quizá la abuela no había cenado y, antes de sentarse a la mesa, caminó a su habitación. Encontró a la mujer sentada en la cama con un rosario entre las manos. Rezaba. Toda ella un murmullo.
—Buenas —la saludó el muchacho.
La mujer levantó la cabeza y lo miró un instante, antes de decir:
—Tu mamá dijo que tu hermana se iba a ir a trabajar a una casa y que vos no tenías por qué decir nada, porque vos aquí no colaborás ni con un centavo partido por la mitad.
Antonio sintió un golpe caliente en la cabeza. La sorpresa lo dejó mudo. La anciana agregó:
—A trabajar a la casa de no sé quién. Dijo que sabía que vos no querías, pero que eso se iba a hacer. Así que no le vayás a decir nada a tu hermana.
Sin pensarlo, Antonio lanzó el plato de frijoles contra la pared. Los restos cayeron sobre un montón de ropa. La anciana volvió a su rezo sin mirar el desastre. Antonio salió de la habitación y gritó buscando a su hermana, aunque sabía que la chica no estaba en casa. *Sos una imbécil*, clamó. La anciana lo escuchó, pero no supo a quién se dirigía su nieto, si a ella, a la madre o a la hermana.

14

Cuando se apagaron las luces de la celda, Sonia imaginó que habitaba en el estómago de una ballena, que el olor malsano que flotaba en el aire se debía a la descomposición de aquello tragado por el extraordinario pez. Pero entonces abrió los ojos, se incorporó y buscó su cuaderno, que tenía junto a ella. Lo abrió y apuntó al borde de la página: *martes*. Luego, redactó una especie de crónica sobre su día. Siempre escribía pensando en Tomás, para él contaba todo aquello, aunque no pudiera leerla.

—¿Cómo sabés que escribís bien, si no se ve nada? —le preguntó Ingrid, que estaba tendida junto a ella. Ingrid tenía treinta y cinco años, un hijo de catorce y poco más de un lustro encerrada. En la cama común que era el suelo de la celda, Ingrid solía dormir junto a Sonia cada noche.

—Lo he hecho tantas veces que ya me sale bien. Ya ni me salgo del renglón.

—¿Seguís escribiendo al hijoputa ese?

—Tomás no es un hijoputa, Ingrid.

—¿Tomás es tu novio ese que no te ha venido a visitar ni una sola vez? ¿De ese estamos hablando?

—Bueno, sí.

—Pues ese es un hijoputa, Sonia. Perdón que te lo diga.

De alguna parte llegó un viento frío que se metió por la ventana. Sonia se hizo un ovillo e Ingrid se arrastró y se recogió junto a ella. Un relámpago iluminó el cielo.

—¿Te pusiste las calcetas? —preguntó Ingrid.

—Sí, estoy bien —dijo Sonia.

Unos gritos llegaron de la celda contigua. Una de sus compañeras musitó algo ininteligible. Otra se dio la vuelta y empezó a roncar; cuando lo hizo, Ingrid pensó que seguro por la mañana la que roncaba amanecería con la garganta inflamada si se tragaba todo ese viento frío. La observó. Pensó si sería bueno despertarla, pero no lo hizo.

—No le escribo a él sino a mí —se explicó Sonia—. Es como decirme cosas a mí, o a alguien más que no existe. Ya sabés que nunca se las mando.

—Me dijiste que era para cuando él quisiera leerlas.

—Eso pensaba antes, pero ya no. Ya no pienso que vaya a venir a verme.

—Es tu vida, Sonia; no tenés que explicarme nada.

—Ya lo sé, pero es que es así como te digo. No pienso que vaya a venir; tampoco pienso mandárselas. No vale la pena. Ya sé que no voy a volver a verlo nunca.

—Antes sí que se las mandabas, pero no te respondía, que yo lo sé.

—No me recordés eso, por favor. Lo decís como si te divirtiera.

—¿Cómo decís eso? —dijo Ingrid—. No, chula, no me divierte, pero es que no soporto verte así, y menos por un hijoputa. Ya sabés cómo soy. Estoy aquí por un cabrón como ese y no soporto esas cosas.

—Tomás no me ha hecho nada. No me golpeó ni nada.

—Tomás te abandonó en el peor momento de tu vida; eso quizá es peor.

—¿Cómo va a ser peor?

—Te pasó lo que te pasó —insistió Ingrid—. Te abusaron, te metieron a la cárcel, estás aquí durmiendo en el suelo, metida en esta mierda inmunda, y casi todos los días tenés ganas de matarte. ¿Y qué hace ese cabrón? Va y te deja sola. Se desaparece. Ni una carta te ha mandado. Ni una llamada. No te ha venido a ver ni una sola vez. ¿Acaso no es peor? Esa decepción es peor que todo. Que te rompa la boca un borracho no es peor, porque ya sabés lo que esperás de un imbécil así, pero de alguien como tu Tomás, no. Y esa decepción es peor que todo. Es lo que creo.

—Ya me voy a dormir —dijo Sonia.

—Eso está bien —comentó alguien más—. No me dejan dormir con sus putos cuchicheos.

—Si no se oye nada —se quejó Ingrid.

—Se oye más de lo que creen. Que el puto Tomás esto, y el puto Tomás lo otro, y ni sé ni me importa quién sea el puto Tomás.

—Ya está, ya no vamos a decir nada más —susurró Ingrid.

—Sí, duérmanse mejor —agregó la otra.

Las tres mujeres callaron. Cuando Sonia se quedó dormida, aún tenía entre las manos el cuaderno.

15

Tomás, el chico que habitaba en la oscuridad, levantó el colchón y la rata chilló y corrió en dirección a la columna de libros apilados junto a la pared. El chico asestó un golpe con la escoba y alcanzó al animal en la cabeza, y este volvió a chillar. Un segundo golpe lanzó al roedor contra los libros, y no se movió más, estaba muerto. El chico observó la sombra de la rata, la cola que hacía una ese y cuya punta alcanzaba un espacio de luz emitido por la lámpara. Era una larga cola, pelada. Tomás detestaba la idea de permanecer con una rata muerta en aquel pequeño espacio sin ventilación, y eso le hizo pensar, otra vez, en la posibilidad de salir.

Al principio, Tomás le dijo a su abuela que pensaba subir a medianoche para dormir en la casa, pero descartaron la posibilidad cuando ella descubrió a un muchacho desconocido merodeando por el tejado. Era un niño de no más de diez años. Cuando la abuela de Tomás le preguntó qué hacía allí, el pequeño le explicó que lo habían mandado a vigilar el predio baldío que se extendía atrás de la casa. La abuela le pidió que no caminara sobre el tejado, pues podía quebrarlo y el ruido no la dejaba dormir. El niño le dijo que debía hablar con quienes lo habían enviado, e incluso se ofreció a hacerlo por ella, aunque le advirtió que en ese caso tendría que atenerse a las consecuencias.

Tomás tomó la rata por la cola y la dejó al pie de las escaleras. Hecho eso, volvió a la cama, se sentó, tomó su cuaderno y trajo hasta sí una lámpara. Decidió olvidarse del roedor y volver a concentrarse en el personaje que dibujaba, un tipo llamado Putman. Al inicio del cuaderno escribió una pequeña biografía de Putman, al que definió como un hombre sumido en su propia oscuridad, tan salvaje y terrible como el dolor es capaz de forjar a una persona. Dibujó el cuerpo de una rata al pie de Putman y luego dejó el cuaderno.

Se levantó para buscar una caja de zapatos que estaba repleta de papeles, los cuales sacó y depositó sobre la columna de libros. Se acercó a la rata, volvió a tomarla por la cola y la introdujo en la caja de zapatos. Con unos periódicos limpió la sangre que había brotado de la cabeza del animal; después, metió la caja bajo la cama y se sentó en el colchón apoyando la cabeza en la pared. Fue entonces cuando escuchó algo tras el muro, una multitud de diminutos seres que roían. *Ratas*, pensó. No una, docenas, quizá cientos de ellas. La pared era de cemento, pero Tomás sabía que colindaba con una alcantarilla que se internaba hasta desembocar en el río. Se preguntó qué grosor podía tener aquella barrera: ¿diez centímetros?, ¿menos que eso? Si encontraban un pequeño orificio, estaría perdido. ¿Y si el orificio existía ya? Por algún lado había entrado el animal que yacía muerto en la caja de zapatos. Una pequeña grieta sería suficiente. Si una rata podía meter la cabeza por allí, el resto del cuerpo entraba sin problemas. Tomó la lámpara y separó el colchón de la pared, movió los libros, el estante, los platos, los restos de periódicos, el garrafón con agua, la bacinica, la ropa acumulada en una caja de cartón, la caja de cartón, pero nada. No encontró nada. Ni un pequeño orificio. Ni una pequeña grieta.

Tomás volvió a pegar la oreja a la pared. Supo que los animales estaban allí, a unos centímetros de él. Los escuchó moverse, chillar. Se preguntó qué pasaría si rompían el cemento, si tendría tiempo suficiente para escapar. Algo tenía claro: preferiría morir de un disparo en la cabeza que devorado por las ratas.

16

Antonio salió al pequeño patio de la casa y subió al tejado a través de una escalera apoyada en la pared. Solía hacerlo casi cada noche; era su manera de estar solo en casa. Le gustaba tenderse y mirar el cielo, las estrellas o la nada, o simplemente cerrar los ojos y permanecer ahí como si pudiera tener la oportunidad de quedarse aislado del resto sin padecer ninguna consecuencia. Se sentó en el centro, y fue entonces cuando la voz dijo:

—Has hecho algo terrible, ¿verdad?

Sentada en el tejado de la casa vecina, protegida por las sombras, Antonio reconoció a Esther, a quien todos conocían por Nana. Según sus amigos del bachillerato, era idéntica a una cantante islandesa con ese nombre, y por ello la llamaban así. Para Antonio, Nana era una chica un tanto peculiar, a veces grosera, a veces indiferente, a veces amable. Según Nana, y contrario a lo que pensaban algunos que la conocían bien, ver muertos no la hacía una chica extraña, pero otras cosas, como mirar el aura de la gente, sí. Nana tenía diecisiete.

—¿Qué decís? —preguntó Antonio.

—Hiciste algo malo. Se te nota mucho. Lo veo en tu aura.

—Vaya con la bruja —exclamó Antonio.

—¿Vas a decirme qué mierda hiciste o voy a tener que adivinarlo? Podría adivinarlo, pero no tengo ganas; hoy no ha sido precisamente un día bueno y estoy cansada.

—No he hecho nada, Nana —dijo Antonio, y se tendió.

—¿Le gritaste otra vez a la viejita? Esa abuela maligna tuya te va a envenenar un día. Lo sé. Esas cosas también se notan, Antonio, ya te dije.

—Da igual, Nana. Tampoco estaría mal que lo hiciera. No sos la única cansada de las cosas.

—¿Querés ver mi tatuaje nuevo? —preguntó la chica, que se levantó de donde estaba y salió a la luz. Llevaba el pelo recogido con una cinta. Antonio notó que se veía distinta, aunque no supo decir por qué, y supuso que quizá la forma de llevar el cabello le ayudaba a mostrarse menos infantil. Nana no acostumbraba peinarse y casi siempre traía el pelo desordenado, robusto, cayendo a ambos lados del rostro, por lo que solía retirarlo a cada momento.

—Hacé lo que querás, Nana —dijo Antonio.

—Me lo hice en el culo. En la nalga izquierda. ¿También te da igual?

—No he dicho que me diera igual, solo dije que hicieras lo que quisieras —musitó Antonio.

—Pues yo entendí que te daba igual —se quejó Nana—. Pero es que sos una piedra, Antonio. ¿Te caigo mal o qué? Si es así, decime y no te vuelvo a hablar en mi puta vida.

—No es eso, Nana. No es eso. He tenido un mal día. Ya te dije que estoy cansado.

—En este país nuestro, todos nacimos cansados —soltó Nana—. Y todos tenemos un mal día casi todos los días. Eso no te hace especial.

Antonio puso sus manos sobre el pecho, entrelazándolas.

—No quise ser grosero, Nana; es solo que tengo muchos problemas.

—Yo también estoy cansada —dijo Nana, que se sentó junto a Antonio—, pero también estoy cansada de estar cansada, así que me lo quito todo de la cabeza. A veces es necesario mandar todo a la mierda. Por cierto, ¿sabés lo que me pasó en la mañana?

—¿Qué te pasó, Nana?

—Fuimos a la cancha con mi amigo el arqueólogo.

—¿Tenés un amigo arqueólogo?

—Ese ignorante no ha terminado ni el bachillerato —dijo Nana—. Le decimos así porque solo con momias sale. Tiene mi edad, y primero salió con una doña que tenía como cuarenta, y ahora sale con otra que está más vieja que la anterior y tiene hijos mayores que él.

—¿Sí? —exclamó Antonio, que sonrió sin notarlo.

—Es un sinvergüenza; les saca dinero a las viejas esas, y ellas se dejan. Muy bonito. En fin, la cosa es que fuimos a la cancha, como a las seis de la mañana. Y empezamos a jugar, y en eso aparecieron dos que yo conocía, bueno, de esos que andan por aquí, ya sabés, los conozco, pero no somos amigos. Y uno de ellos hasta nos pidió la pelota para lanzar al aro. Y lanzó una vez y ya. Luego se fueron, él y su amigo, al fondo del parque. Y no sé a quiénes se encontraron o qué vieron, pero resulta que empezaron a disparar y a gritar.

—¿Y ustedes?

—Nosotros salimos corriendo con todo lo que teníamos, y ya estábamos acá en el pasaje cuando el imbécil del arqueólogo me dice: *Nana, Nana, se me olvidaron mis llaves...*

—¿En la cancha? —preguntó Antonio.

—Pues sí —respondió Nana, y fingió la voz, imitando a su amigo: *Nana, Nana, tengo que volver por las llaves de mi casa...* ¡Semejante idiota! ¿A quién se le ocurre?

—¿Entonces qué hicieron?

—Entonces nada —siguió Nana—, esperamos un rato y luego volvimos. El muy idiota las había dejado sobre una de las bancas de cemento. Menos mal que las encontramos. Pero es que siempre es así el arqueólogo, siempre hace esa clase de tonterías. No sé ni cómo sabe hablar. Está a dos minutos de andar en cuatro patas, te lo juro.

Antonio se echó a reír. Y lo hizo de buena gana, como si por un instante se permitiera olvidarse de todo, de Lucy, de su padre, de Tomás, de Sonia, de él mismo. Cerró los ojos, respiró el aire frío y escuchó a Nana reír a carcajadas, decir groserías, y, mientras sucedía, recordó que a Lucy no le gustaba Nana, se lo había hecho saber algunas veces: *No soporto a esa niña, quién se cree que es*, o bien, *Le gustás a esa niña zorra, te mira como si se le hubiera aparecido la Virgen*. Antonio supuso que no debería importarle.

Luego de un rato, preguntó a la chica:

—¿No creés que ya todo da igual, Nana?

—Eso decía el borracho de mi hermano, y ya sabés que los niños y los borrachos no mienten, ni las zorras de diecisiete años como yo, que no tenemos nada que perder.

—Qué frío hace —se quejó Antonio.

—¿Serías un fantasma si pudieras, Antonio? —preguntó Nana, cambiando de tema de manera abrupta, como hacía casi siempre.

—A lo mejor —respondió él—. Supongo que no estaría mal andar por allí viendo qué hace la gente.

—Yo estoy segura de que en otra época fui un fantasma —dijo Nana—. En otra época antes de volver a nacer, y por eso tengo la cabeza llena de pesadillas.

—La boca llena de maldiciones como el saco lleno de conejos muertos de un cazador —lanzó Antonio.

—Qué frase tan buena. ¿Se te acaba de ocurrir? —quiso saber la chica, sorprendida.

—Lo leí no sé dónde —mintió Antonio.

—Está bien, me gusta, es una frase bonita y terrible, bonita y terrible como yo, y eso también está bien. ¿No te parece?

—Supongo que sí, Nana. Supongo que sí.

Se quedaron un rato en silencio. Antonio miraba hacia el cielo sin estrellas y se sentía viejo. Tenía solo veintiuno, pero creía padecer el cansancio de un anciano de noventa. No podía evitarlo. Sin saber la razón, recordó el día que visitó la feria por primera vez, durante las fiestas del Salvador del Mundo, en agosto. ¿Cuántos años tendría? ¿Dos, tres? No lo sabía, pero estaba convencido de que aquel era su primer recuerdo, yendo de la mano de su padre por las calles repletas de gente hasta llegar al Campo de Don Rúa. El niño que era entonces desconocía todo; su padre era solo un hombre, uno que sonreía. Aquella tarde entraron a un circo donde observaron un elefante caminar con tres chicas sobre su lomo; presenciaron el acto de un mago que hizo desaparecer un tigre de Bengala, y comieron palomitas de maíz. Y quizá, solo quizá, fue el día más feliz de su vida, y apenas pudo comprenderlo, apenas se dio cuenta. Estaba convencido de que su primer recuerdo también sería el último, un destello antes de caer en la muerte. Aquel día, cuando tenía dos o tres años y visitaban el campo de la feria, no sabía nada de su madre, de su abuela, del asesinato de su abuelo; no sabía nada ni de masacres ni de extorsiones ni de inviernos terribles que inundaban la ciudad, ni de los muertos del día. Comprendía, eso sí, que el hombre que lo llevaba de la mano era su padre y que el cielo era claro y los circos inmensos. Si todo hubiera acabado entonces, habría muerto sin haber conocido el dolor.

Unos disparos cercanos y un tumulto de voces afligidas lo sacaron de su recuerdo.

—Eso ha sido muy cerca —dijo Nana, bajando la voz.

Sonó un disparo más. Nana agachó la cabeza, como si tuviera que protegerse. Antonio ni siquiera se volvió a mirar. El viento frío silbó en alguna parte. Antonio metió las manos en los bolsillos de sus jeans.

—¿Bajamos? —preguntó Nana—. Puede ser peligroso, Antonio.

—¿Te da miedo? Porque a mí ya no me da miedo nada.

—¿Estás haciéndote el duro para impresionarme?

—No quiero impresionarte, Nana.

—¿Bajamos o qué?

—Si querés, bajá. Ya te dije que a mí no me da miedo.

—Entonces a mí tampoco —dijo Nana, y se arrastró sobre el tejado para tenderse junto a Antonio, y cerró los ojos como si nada más fuera importante.

Segunda parte

17

Unos golpes en la puerta despertaron a Antonio. Eran poco más de las tres de una madrugada fría, neblinosa. El chico se levantó y avanzó a tientas hasta la sala, mientras escuchaba una multitud de voces afuera. No tardó en darse cuenta de que eran policías. Observó sus siluetas a través de las cortinas de la ventana y el temor lo paralizó.

—¡Abren o abrimos nosotros a la fuerza! —gritó un hombre.

—Un momento —dijo Antonio.

—Abrí ya, Antonio —exclamó la hermana, desde atrás—. Abrí de una vez.

—Bueno, pendejo, ¿vas a abrir o qué? —intervino otro de los policías.

—Ya voy, ya voy —masculló Antonio.

—Tres segundos tenés —amenazó una voz tras la puerta—. Tenés dos. Tenés uno.

—Ya voy —insistió Antonio. Las manos le temblaban y no era fácil manipular la llave en la cerradura. Escuchó los gritos de su hermana atrás, la cuenta regresiva adelante. Maniobró lo mejor que pudo para quitar las tres aldabas. Una. Dos. Tres.

Cuando la puerta se abrió, Antonio recibió en el rostro una ráfaga de aire frío. Era como si hubiera sumergido la cabeza en agua gélida. Horas antes, tendido en su cama, pensó en la posibilidad de que la policía fuera a buscarlo en los próximos días. Si Ábrego hacía una denuncia, dudaba mucho de que pudiera librarse de sus consecuencias.

Los policías llevaban el rostro cubierto con pasamontañas. Cada uno de los agentes apuntó a la cabeza de

Antonio, quien se sintió perdido y se lanzó al suelo, a pesar de que nadie se lo había pedido.

—¡Ajá, pendejo! ¿Qué estabas escondiendo que no querías abrir?

—Nada, si aquí no hay nada que esconder —exclamó Antonio, que tenía los brazos cruzados sobre la espalda.

—Hablá, cabrón. ¿Qué estabas escondiendo?

Antonio repitió lo de antes, que no escondía nada. Luego, escuchó los gritos de su hermana, al tiempo que sintió un golpe caliente en la cabeza, seguido de un dolor insoportable a la altura del cerebelo, lo que hizo que perdiera el sentido unos segundos.

18

Tomás estaba despierto cuando escuchó las voces arriba, el tono angustiado de su abuela y pasos y más voces en el salón. La violencia de lo que escuchaba lo alarmó y se puso de pie y caminó hasta el borde de la escalera. No estaba listo para salir, pero, si la abuela pedía ayuda, lo haría sin pensarlo. Sabía que era un condenado. Su única posibilidad de sobrevivir era escapar, no solo de aquella casa y esa ciudad, sino del país. También era consciente de que no podía salvar a su abuela en caso de que tuviera que enfrentarse a quienes lo perseguían, pues no era uno solo: eran dos o tres o muchos. Pero tenía claro que preferiría morir en una pelea que a causa de las lesiones de una tortura. Lo ideal sería un disparo. Muchas veces pensó en ello como otros piensan en la salvación. Un disparo sería piadoso, casi indoloro, o doloroso, pero por breve tiempo. Aquellos a quienes se enfrentaba no poseían la misericordia entre sus cualidades, lo sabía bien. Sus enemigos eran los causantes de la desgracia de Sonia, y merecerían la muerte antes que él, pensaba, pero en aquella ciudad sombría la justicia no solía existir, poseía la consistencia de las viejas leyendas.

Tomás subió por la escalera hasta que su cabeza estuvo a la altura de la escotilla que servía de puerta. Escuchó el ruido de cosas que caían y supo que los de arriba buscaban algo, o a alguien. No oía la voz de la abuela y eso lo hacía peor. No podía saber quiénes eran los visitantes, pero comprendía que había dos opciones: o eran policías haciendo un cateo, o los delincuentes que lo buscaban. De pronto, escuchó unos pasos justo sobre su cabeza. Alguien caminaba en el borde. Tiempo atrás, se había construido un gallinero sobre la cisterna, pero hacía muchos años que no tenían gallinas ni otra clase de animales. Todo el lugar estaba lleno de desperdicios, montones de periódicos y ropa en desuso. Escuchó con claridad que alguien movía las cosas arriba. Luego, un paso fuerte sobre el metal de la puerta, y otro más. El metal resonó en sus oídos como una campana que anunciara una misa de muerto en la madrugada.

19

Antonio sintió el frío del suelo de losa y la brisa fresca que entraba a través de la puerta. Abrió los ojos con extrema lentitud. Las pisadas a su alrededor sonaban como golpes de tambor. Escuchó voces ininteligibles por un minuto, hasta que entendió una frase. Los policías buscaban armas.

—Si tienen armas —dijo uno de ellos—, mejor digan dónde están de una vez, porque las vamos a encontrar y va a ser peor.

—¿Otra vez lo de las armas? —se quejó Julia, la hermana de Antonio.

—Para abajo, pues —dijo un agente a Julia.

—Acuéstese allí —le ordenó otro, mientras señalaba un trecho junto a su hermano.

Antonio se sentía perdido, dolorido, mareado; pese a ello, trató de concentrarse. Intentó mirar hacia la calle, sin conseguirlo, pues un agente situado en medio imposibilitaba la visión. Si otros policías estaban en las casas vecinas, significaba que era un cateo general; lo contrario querría decir que Ábrego había denunciado lo sucedido y que lo buscaban a él y a Maca.

La abuela seguía en su habitación, hincada, rezando con los ojos cerrados frente a una vela encendida que iluminaba una estampa de san Martín de Porres. Julia, junto a Antonio, estaba tendida bocabajo y con los brazos cruzados en la espalda.

—Buenas noches, madre —saludó uno de los agentes al entrar a la habitación de la abuela, pero la anciana ni dejó de rezar ni levantó la vista.

—Revisá el cuarto, pero no la molestés —dijo otro policía al primero. Este último hizo caso y empezó a levantar la ropa esparcida en el lugar. También se arrodilló para mirar bajo la cama, donde encontró, apilados, dos platos con sobrantes de comida.

En el salón, uno de los policías se acercó a Antonio. Se inclinó y cubrió con su pesada mano abierta la cabeza del chico, mientras le preguntaba:

—¿Dónde está tu documento de identidad?

—En mi billetera, en mi cuarto —contestó el muchacho.

—Que se quiten la camisa —ordenó otro agente—. La niña también.

—¿Para qué? —se quejó Antonio.

—Hace mucho frío. Nos vamos a enfermar —protestó Julia.

—A la mierda la camisa —dijo un policía, cuyos pasos resonaron en la oreja derecha de Antonio, que no quiso discutir y se sacó la camisa y continuó en el piso mientras los policías revisaban si tenía tatuajes, lo que podía indicar que pertenecía a una pandilla de las que operaban en la zona.

—No tengo —insistió Antonio.

—Yo tampoco —agregó Julia, que seguía sin sacarse la camisa.

—Mi amor, ¿querés que te la quite yo? —preguntó el policía a Julia.

—No sean cabrones —protestó Antonio. En ese momento, un policía lo pateó a la altura de la costilla derecha. El chico sintió la punta de la bota, una punzada dolorosa que lo hizo soltar un gemido apagado.

—Te callás ya mismo, pendejo.

—Déjenlo, por favor —suplicó Julia—. Déjenlo, si ya me quito la blusa.

Julia se incorporó, se sacó la blusa y se puso las manos sobre los senos, pues no tenía sujetador. Al ver que no tenía tatuajes, el agente dijo: *Ya está*, y le entregó la blusa. Julia se la puso de inmediato y luego volvió a acostarse junto a su hermano.

—No digás nada —pidió Julia a Antonio.

—Estos hijos de puta —musitó Antonio.

—¿Y este pedazo de mierda qué se cree? —le reclamó otro agente—. Te oí lo que dijiste, pendejo.

—¿Qué decís, pedazo de mierda? —dijo otro más, y puso su pie sobre la cabeza de Antonio. El chico ni siquiera se quejó.

—No sean así —imploró Julia—. Si nosotros no hemos hecho nada, no somos delincuentes.

—¿Vas a quedarte callado, pendejo?

—Ya no va a decir nada —insistió Julia.

—Más le vale. Una palabra más y le arranco la puta cabeza, ¿entendiste? ¡Te arranco la cabeza, pendejo!

Antonio no se quejó ni respondió. Suponía que los policías estaban en su habitación revisando documentos; si iban a llevárselo por el incidente con Ábrego, era el momento.

—¿Vas a estar tranquilo? —preguntó Julia a su hermano.

—Ya no voy a decir nada —masculló Antonio.

—¿Encontraron la identificación? —quiso saber uno de los agentes.

—Sí, aquí la tengo —gritó otro desde la habitación de Antonio. En ese instante, el agente que había preguntado se inclinó y tocó a Julia en el trasero, pero la chica no dijo nada, ni siquiera hizo un gesto.

—Qué hijoputa —dijo otro policía, que observaba la escena.

Antonio quiso girarse para mirar, pero Julia lo abrazó.

—¿Qué pasa? —preguntó Antonio.

—No pasa nada —contestó Julia, mientras el agente seguía acariciándole el trasero con la mano protegida por un guante de cuero—. Tengo frío, Antonio. Hace frío.

—Es tan raro que haga tanto frío —dijo el chico.
—¡Nos vamos! —anunció un agente.
—¿Ves? Ya se van —susurró Julia a su hermano.
—Nos vamos, pues. Moviéndose pues, que nos falta media colonia —agregó el agente, sin sospechar lo que sus palabras significaban para Antonio.

Este, aliviado, cerró los ojos. Desde su oscuridad, escuchó el ruido de los policías moviéndose, el sonido de las botas, las palabras altisonantes, el crujido de la puerta que se cerraba con estrépito, el murmullo del rezo de su abuela, el sollozo de su hermana.

—Ya pasó —murmuraba Julia—. Ya pasó.
—Una mierda —dijo Antonio, poniéndose de pie. Miró por la ventana el desorden de luces de las lámparas de los agentes. Percibió el ruido metálico de otras puertas que se abrían, los gritos mezclados con el ladrido de los perros. Aún miraba por la ventana cuando la abuela salió de su habitación. Todavía llevaba la plegaria en los labios.

—Voy a hacer café —anunció la anciana.
—Sí, abuela, qué bueno, así nos calentamos, que hace mucho frío y yo ya no tengo sueño.

Mientras la abuela hacía lo suyo en la cocina, Julia se acercó a una ventana y miró el pasaje repleto de niebla y siluetas de los policías, los cuales le parecieron espectros antes que hombres.

20

La abuela de Tomás salió al patio y dijo:
—No hay nada allí, señor agente. La otra vez vinieron unos policías y ya les dije que no había nada.
Tomás supuso que la abuela había dicho *agente* y *policías* para que él la escuchara y se tranquilizara. Y fue así, aunque se mantuvo en silencio. Si los policías lo encontraban, lo más probable era que creyeran que estaba escondido a causa de un delito y lo llevarían a la comisaría. O, como mínimo, el escándalo lo delataría ante sus perseguidores. Por otro lado, Tomás sabía que no podía buscar la ayuda policial. No existía una denuncia en contra de sus perseguidores, dado que no había un delito contra él del cual acusarlos. Tampoco tenía pruebas de las amenazas en su contra; pero, incluso si le creían, sabía que no podían encargarse de protegerlo. Si abandonaba su escondite, lo más probable era que no hicieran nada por él, aun cuando eran conscientes de que las amenazas, las persecuciones y las venganzas sucedían todos los días en aquellos barrios. El peor panorama para Tomás era pensar que podían facilitar para él una salida, pero no para su abuela. Si decidían dejarla, Tomás no podría volver por ella, y eso significaría una sentencia. Desde la muerte de su abuelo vivían solos; su hermano mayor se encontraba lejos, en alguna parte del centro de Madrid, donde se suponía que tenía su hogar y un buen trabajo.
—No hay nada aquí —dijo un agente. Tomás escuchó que alguien revisaba otra vez el antiguo gallinero.
—Esta gente sí es asquerosa —comentó otro policía.
Tomás dudó si las voces estaban tan cerca como creía. A veces, pensaba que había adquirido una extraña

capacidad auditiva, que le permitía captar voces o ruidos que apenas un mes atrás le hubieran sido imperceptibles.

Los pasos se alejaron. Pronto, solo hubo silencio en toda la casa. El chico en la oscuridad seguía junto a la escalerilla. No supo cuánto tiempo estuvo allí, de pie, sin decir nada, hasta que la puerta de la cisterna se abrió con lentitud. Levantó la vista mientras los goznes chirriaban y la breve claridad de una lámpara de mano apareció como una gota de amanecer ficticia que caía sobre la sombra.

—¿Estás despierto? —preguntó la abuela.

—Sí, abuela, aquí estoy —respondió el chico. Las palabras temblaron en su boca y salieron arrebatadas y veloces.

—¡¿Qué apesta?! —exclamó la mujer—. ¿Qué ha pasado?

—¿Apesta? Yo no siento nada, abuela —dijo Tomás.

—¿Hay un animal muerto abajo?

—Sí, abuela, hay una rata.

—¿No sentís el tufo?

—No, abuela, no siento. Ya no siento nada.

21

—¿Estás tranquilo ya? —preguntó Julia a su hermano Antonio, que miraba a través de la ventana.

Escucharon unos disparos, pero ninguno de los policías pareció inquietarse. Las luces de las casas vecinas estaban encendidas, a pesar de la hora. Dos chicas muy jóvenes que cargaban unos cántaros bajaron las gradas en dirección al grifo público junto a la estación de autobuses. Era habitual que el agua faltara varios días a la semana. Una luz de Bengala iluminó el cielo. Una señal. Un ruido de gatos que peleaban llegó desde los tejados vecinos.

—¿Entonces, Antonio? —insistió la hermana—. ¿Ya estás tranquilo? Te vas a helar si seguís en la ventana y te va a dar una pulmonía.

—¿Cómo es eso de que te vas a ir a trabajar a esa casa que dice mi mamá? —dijo Antonio, molesto, sin girarse.

—¿Tenés ganas de hablar de eso después de lo que acabamos de pasar? —preguntó Julia.

—¿No ves que te vas a joder la vida como mi mamá? Sí que sos idiota.

—Primero, necesitamos el dinero. Segundo, no es como vos decís.

—No, seguro que no es como yo digo. Seguro vas a trabajar de ocho a cinco, como cualquier trabajo normal, y vas a tener para vos los fines de semana. ¿O no? ¿O vas a salir un domingo cada quince días, como mi mamá?

—Me van a dejar ir a la Universidad todos los días. Ya saben que voy a estudiar, que para eso necesito el dinero.

—¿Y después te vas a venir para acá o te vas a regresar a esa casa de los patrones a servirles la cena?

—No, no voy a venir; voy a venir los mismos días que mi mamá.

—Entonces, ¿cuál es la puta diferencia?

—Vos lo ves así, pero yo no. Lo que yo veo es que voy a tener un cuarto bueno en una buena casa, y la casa ya sabés en la zona que queda; no es peligroso llegar en la noche.

—Sí que sos pendeja, Julia. Hablás como si te fueras a ir a vivir al puto paraíso.

—Dejá de decirme así.

—Es que sos idiota. Me decís eso de la casa y el cuarto, pero no me decís que el cuarto está en el patio, y que te van a levantar a las cinco de la mañana a hacer el desayuno; vas a trabajar todo el día haciendo lo que se les ocurra: limpiar la mierda del perro, la mierda de los viejos, lo que sea, y te van a dejar salir dos días al mes, como a mi mamá. Si eso te parece bien, pues genial. Sigamos en el siglo XX.

—¿Y vos creés que eso no lo sé? —musitó Julia.

—¿Y de qué sirve que lo sepás? —insistió Antonio, y negó con la cabeza y supo que no quería seguir con la conversación, así que volvió a su habitación y cerró de un portazo. Todo estaba hecho un desorden, las cosas por el suelo, los libros bajo la cama. Se apagó la luz y se acostó. Protegido por la terrible oscuridad, escuchó las voces de su abuela y su hermana. Pensó en Nana. Pensó en Lucy. Deseó dormir y no despertar.

22

La enorme olla de café humeaba sobre el fogón dispuesto en el patio y las reclusas se acercaron e hicieron una fila. Sonia estaba lejos del bullicio de las mujeres, sentada, y apoyando la espalda contra un muro. Tenía en las manos un libro que le había llevado su madre: *La vida triste de los superhéroes*. La señora Alba, la madre de Sonia, ya solo vivía para una cosa: tratar de que su hija resistiera los años que le quedaban en la cárcel. Su temor más grande era que la joven se deprimiera y se dejara morir. *¿Qué voy a hacer treinta años aquí dentro, mamá?*, le había dicho la hija muchas veces. La señora Alba no tenía una respuesta, pero tampoco abrigaba un deseo de resignación. Cuando Sonia saliera de la cárcel, ella tendría sesenta y nueve; su hija, cuarenta y nueve. Se consolaba pensando que una vecina se había casado a los cincuenta y uno. Y así se lo decía a su hija:

—Mirá la Rosalía, se casó a los cincuenta y uno y vive feliz con el mexicano ese.

—¿Y eso qué tiene que ver, mamá?

—Vos vas a salir a los cuarenta y nueve, vas a tener dos años menos que ella cuando se casó. ¿Ves qué quiero decir? Todavía vas a poder hacer una vida, casarte, hacer cosas.

—¿Quién se va a querer casar conmigo? Con treinta años en la cárcel, nadie va a querer darme un trabajo, y ningún hombre se me va a acercar. Es que no sé qué piensa, mamá.

—Que sí, hija. Que sí. ¿Cómo vas a creer que no? Si sos tan bonita.

—¿Mamá? ¿Por qué me dice eso?

—Porque es así, Sonia. Sos muy bonita, hija.
—Cuando salga de aquí voy a estar destruida. Y eso si es que salgo alguna vez.
—Eso no es así, vas a estar bien. Solo tenés que cuidarte, hija. Además, está eso de la buena conducta. Seguro salís antes.
—¿Para qué, mamá? ¿Cuidarme para qué?
—Si no lo hacés por vos, hacelo por mí.
—No, mamá, no sabe lo que me está diciendo; no quiere aceptar que mi vida ya no existe.
—No digás eso, hija.
—No diga usted que todo va a estar bien, porque todo está mal, mamá. Lo único que podría estar bien es amanecer muerta.
—No digás eso, hija.
—Aunque no lo diga, es así, mamá. ¿Qué voy a hacer en este lugar? Aquí lo único bueno que te puede pasar es morirte.

La señora Alba no perdía oportunidad de hablar sobre lo ocurrido a la hija; trataba de convencer a Sonia de que no era culpable de nada, de que ella era una víctima. En la oscuridad, a solas, Alba lloraba con sollozos apagados mientras intentaba pedir explicaciones sobre lo sucedido a la Virgen, a Dios, a san Antonio, a la sombra que la rodeaba. Ya no sabía a quién. Se sentía resentida, molesta, y no podía explicarse si era con Dios, con la Virgen o con ella misma. Los de una iglesia que la visitaban le aseguraron que siempre había un propósito para todo, que aquello que parecía algo terrible era solo una manera de encontrar el camino correcto hacia Dios, que el camino era duro, pero la recompensa era la vida eterna. Alba los escuchaba con atención. Los primeros días, incluso, se sintió reconfortada, pero con el tiempo su fe la abandonó y sentía que ya no le servían ni las oraciones ni las palabras ni los cánticos de los evangélicos. Cuando les pidió ayuda para pagar un abogado, le dijeron que la iglesia no tenía dinero, que no podían hacerse cargo de sus cosas materiales, pero sí de su espíritu. Una vez a la semana llegaban a verla y ella los dejaba hacer. Se sentía tan sola, tan triste, que no le importaba escucharlos, aunque no creyera lo que decían. Además, su esposo, Luis, o don Luis, como le decía ella misma, los toleraba. Y eso era suficiente para ella.

La señora Alba estaba convencida de que nada funcionaría, su hija pasaría décadas en la cárcel, incluso si, por buena conducta, cumplía solo dos tercios de la condena, y que lo único que podía hacer era resistir. La abogada que llevaba el caso le había prometido apelar, pedir la intercesión de las organizaciones de derechos humanos, escribir a las Naciones Unidas. Le aseguraban que las condenas por aborto se habían convertido en un asunto de carácter internacional, que muchos países desaprobaban a las autoridades salvadoreñas por ser tan severas e imponer esa clase de castigos, sobre todo en casos como el de Sonia, embarazada por una violación. Pese al entusiasmo de los abogados, nada parecía dar resultados. Pero ella no estaba dispuesta a abandonar a su hija. La esperaría lo que hiciera falta y estaría fuerte y feliz para ella. Lo decidió así. Estaba convencida de que viviría hasta los cien años, como la madre de su madre, que murió a los ciento uno. Si era así, aún podía cuidar de su hija por décadas, incluso de sus nietos, si es que el hombre con quien Sonia se casara quería tener hijos o le permitía adoptar uno. Con eso en mente, se ocupaba de Sonia todo lo que podía. Le escribía siete cartas a la semana que le llevaba el domingo, el día de visita. Le pedía que leyera una al día, antes de acostarse. Cada una acababa con una bendición y las buenas noches. *Que Dios y la Virgencita te bendigan, mi niña. Buenas noches. Te quiere, tu mamá.*

La señora Alba llevaba algunos libros a su hija cada mes. Antes, ni Sonia ni ella tenían la costumbre de leer, pero la madre pensaba que a la joven le haría bien entretenerse con novelas de detectives. Además, llegó a la conclusión de que si su hija empezaba a leer y no paraba, para cuando saliera de la cárcel podía ser una de las personas más cultas del país, y eso sería suficiente para conseguirle un buen empleo, algo en el Ministerio de Cultura o de Educación. En ocasiones, mientras trabajaba en su máquina de coser, calculaba cuántos libros podía leer Sonia en todo aquel tiempo. Si leía un libro al mes, serían más de trescientos en treinta años. Si leía dos, seiscientos. Para ella, aquella cifra era descomunal. Cientos de libros en una sola cabeza, se decía. Suponía que su hija podía convertirse en una persona tan inteligente y conocedora que no necesitaría una carrera universitaria para destacar entre sus compatriotas. Por ello, cada fin de mes iba a una librería de usados en el centro de la ciudad y compraba una o dos novelas, siempre de detectives.

A Sonia, en cambio, leer no le parecía ni útil ni necesario. Tampoco le ayudaba a distraerse. No lograba concentrarse para avanzar o encontrar consuelo en la lectura. A veces leía algunas páginas, pero de inmediato una escena, un nombre, una descripción le recordaban su propia vida y tenía que dejarlo. Sus recuerdos habían adquirido otro significado desde el ingreso en la cárcel. Lo único que la consolaba era escribir cada noche la carta interminable para Tomás, un monólogo en letra de molde donde le contaba su jornada diaria, con la esperanza de que, en alguna ocasión, quién sabe cuándo, el chico leyera aquellas páginas para enterarse de que ella pensaba en él todos los días.

23

A las siete de la mañana, Antonio llamó a la puerta de la casa de una mujer que se hacía llamar Sombra. Nadie conocía su nombre, pues no lo revelaba nunca. Eso se debía, según ella, a que se lo cambiaba cada nueve años. *Como las antiguas mujeres persas que se regían por los ciclos lunares*, decía. Si alguien le preguntaba qué fin tenía semejante patraña, ella prefería no dar ninguna explicación, o, si acaso, argumentaba que era una práctica religiosa, que pertenecía a la religión más antigua de todas las conocidas en la actualidad, cuyo Dios era representado por un árbol y cuya iglesia era el bosque.

Nadie sabía la edad de Sombra, pero ella solía asegurar, sobre todo a los clientes a quienes les leía el tarot, que había cumplido ya los ciento cinco años, aunque su aspecto era como de ochenta. A veces contaba que había estado en Francia atendiendo a los soldados estadounidenses durante la Segunda Guerra Mundial. Podía describir los paisajes o el olor de la playa de Normandía el día del desembarco. *A metal y sangre*, acostumbraba decir. También contaba sobre su vida de casada con un domador de leones, un tal Arthur Ringling, con cuyo circo recorrió treinta y tres países. Según ella, viajó por todo el continente americano, desde Buenos Aires hasta Boston, mientras disfrutaba de una vida idílica que acabó cuando, en una sesión de entrenamiento, un tigre recién llegado de Asia arrancó de un zarpazo medio rostro a su marido. El incidente no lo mató, pero le impidió volver a trabajar. Perdió un ojo, media nariz, los labios, y pasó a convertirse, en palabras de la señora Sombra, en una bestia inmisericorde, él, quien fuera un ángel rubio. Casi un año después del accidente, Arthur se lanzó a las cataratas del Niágara. Era a inicios de los años setenta. Sombra, que entonces se hacía llamar Marilyn, volvió a San Salvador. Desde entonces se dedicaba a leer el tarot o a realizar pequeños *trabajos,* hechizos para conseguir el amor a algún desesperado, o maleficios de los que se negaba a hablar. *No te metás nunca conmigo,* advertía, *ni me pidás que haga algo para lo que no estés dispuesto a pagar las consecuencias.*

Visitaba a sus clientes cada mañana, pero antes de empezar acompañaba a Antonio a visitar a la señora Marta, la abuela de Tomás. Llevaban tres semanas haciendo lo mismo, salvo cuando el chico tenía que trabajar con Maca.

Antonio tomaba de la mano a Sombra y caminaba con ella pasaje arriba. Sentía la suavidad de su mano y su peculiar olor, que era delicioso y que Sombra atribuía a un menjurje preparado por ella misma y con el que se lavaba el cabello las noches de luna nueva, *siempre de noche, siempre de luna nueva.* Cuando el chico le preguntó por los ingredientes de la poción, ella se negó a revelarlos. *No me creerías,* fue lo único que le dijo. Los delincuentes que vivían en el lugar la miraban pasar de la misma manera que si observaran una aparición, y ni ellos la saludaban a ella, ni ella los saludaba a ellos.

—Me despierto todos los días a las cuatro de la mañana a meditar —dijo Sombra—, y hoy no pude. ¿Sabés por qué?

—¿Por el cateo?

—Porque dos imbéciles que decían ser policías se metieron en mi casa, tocaron mis figuras sin saber lo que estaban tocando, allá ellos, pobrecitos, y tuve que pedirles perdón, no a los policías, sino a mis santos, y bendecirlos y acomodarlos otra vez. ¿Sabés qué falta en este país?

—Pues ya no sé, aquí falta de todo —musitó Antonio.

—Respeto es lo que falta. No respetan ni a los viejos ni a nadie. Por eso estamos como estamos. Vivimos en medio de una maldición. Si aquí hasta las iglesias están malditas, hijo. Si te contara lo que veo. Si te contara, ay, si te contara, no saldrías a la calle, ni a la acera de tu casa saldrías. Este país es una sombra de lo que era, hay más muertos que vivos.

La señora Sombra parecía molesta, pero siempre parecía molesta. Sufría de ciática, por ello, en ocasiones le costaba andar y pedía a Antonio que le diera la mano y la ayudara a subir las gradas del pasaje hasta la casa de Tomás. Sombra sabía lo que sucedía con el chico en la oscuridad. Salvo ella y Antonio, nadie más conocía el paradero del nieto de la señora Marta.

Cuando llamaron a la puerta, la Marta ya los esperaba. Antonio la saludó y se dirigió de inmediato al patio de la casa, entró en el desvencijado gallinero, dio dos golpes en la puerta de la cisterna y enseguida la abrió. Al hacerlo, llegó hasta él un olor desquiciado, un tufo amargo de algo que moría o había muerto.

24

—¿Antonio? —preguntó Tomás, el chico en la oscuridad.

Antonio bajó por las escaleras y antes del último escalón sacó un pañuelo y se cubrió la nariz. Luego, dio un salto para caer sobre el suelo de cemento. Un delgado hilo luminoso atravesaba el techo del gallinero y entraba justo por el borde de la escotilla como la luz cenital del escenario de un teatro. Tomás le dio la mano y se saludaron de esa manera.

—¿Qué ha pasado que apesta tanto? —preguntó Antonio.

—Maté una rata ayer y ha quedado el tufo. Pero no me importa; me enteré del tufo por mi abuela, yo no sentía nada.

—¿Se ha quedado? ¿Sacó tu abuela a la rata muerta o la tenés aquí?

—Está en esa caja —dijo Tomás.

—No sé cómo no sentís nada —exclamó Antonio, y entonces bajó, tomó la caja y volvió al patio; una vez ahí, caminó hasta el borde del muro y lanzó la caja al otro lado, al predio baldío con el que colindaba la casa de Tomás. Luego, volvió con este.

Antonio se sentó en la cama, miró a su amigo y apenas pudo reconocer al muchacho de unos meses atrás. Parecía alguien mucho mayor, como si todo en él se hubiera endurecido. Tomás era uno de esos chicos que siempre usaban colonia y el cabello corto, pero poco quedaba de aquel joven bien parecido. El que Antonio tenía frente a él era un personaje maloliente, delgado, el cabello largo, el mentón sin rasurar, como un náufrago en una isla sin alimentos, que se consume día con día.

—He estado pensando en lo que me contaste de Lucy —dijo Tomás.

—¿Qué de todo?

—Me contaste que no le respondiste nada cuando te dijo que se iba a ir con la madre a Estados Unidos. Creo que eso fue el error. En ese momento tenías que haberla machacado con cosas. Es lo que he estado pensando.

—Ya no tiene sentido hablar de eso. No...

—Sí, bueno, quería decírtelo. Pero no para que te sintieras mal. No sé, tal vez no debí decir nada. Ya..., ya es que no sé, me siento perdido aquí. Qué frío hace. ¿Se sabe a cuánto estamos?

—A doce, creo.

—Ya —musitó Tomás.

Cuando Lucy le contó sus planes de marcharse a los Estados Unidos, Antonio pensó que era una de las tantas ideas de la chica que quedaban pronto descartadas. En una ocasión amenazó con pedir una beca para ir a estudiar teatro a Italia; en otra le leyó un artículo que informaba de lo bien que ganaban los cortadores de verduras en Islandia. *Nadie quiere ir, por eso ganan pequeñas fortunas cada primavera*, aseguró Lucy. También había considerado presentar una solicitud para ir a trabajar en una empresa de cruceros. Según ella, pasabas mucho tiempo en el mar, pero al cabo de unos pocos años podías tener tu casa con lo ahorrado. Aquel día, ambos llenaron una solicitud en línea, pero jamás les respondieron. Lucy era así, una entusiasta. Solía quejarse de la vida en el país, de la falta de trabajo, de lo mal que la pasaban viviendo en una ciudad donde escaseaba algo tan básico como el agua potable y donde subir a un autobús era poco menos que un riesgo.

—¿Vos entenderías si un día me voy con mi mamá y mi hermana?

—Es tu familia, ¿cómo no voy a entender eso?

Unas semanas más tarde, el discurso de Lucy cambió. Marcharse pasó de ser una ilusión a convertirse en una prioridad inmediata.

—Mi mamá va a pagarme el viaje. Ya tiene el dinero.

—¿Pagarte el viaje? ¿Vas a pedir una visa?

—Sabés que es imposible que me den una visa —le recordó Lucy—. El tipo que llevó a mi hermana también puede llevarme. Ya hablaron con él.

Un escalofrío corrió por la espalda de Antonio. Se mordió el labio. Dijo que tenía que ir al baño, que lo hablaran después. Se hallaban en la Universidad, poco antes del ensayo del grupo de teatro al que ambos pertenecían. Entró al baño, orinó, salió, cogió su mochila y salió de la Universidad, todo ello sin decir una sola palabra. No respondió todo ese día los mensajes de texto que Lucy le envió con insistencia. Al día siguiente, visitó a la chica en su casa.

—¿No habíamos hablado de esto antes? —dijo Lucy.

—Sí, pero creía que era solo una idea, no pensé que lo estuvieras planeando ya.

—No lo estaba planeando ni nada. Te pregunté si te parecía bien y dijiste que sí, y eso me hizo pensar que tenía que intentarlo.

—Pensé que lo decías sin una fecha en mente.

—No tenía una fecha en mente, Antonio. Ya te dije.

—Ya sabés lo que sucede cuando se van ilegales. Ya sabés, Lucy.

—Mi hermana se fue así, y mi mamá.

—Tuvieron suerte. Todos sabemos de las violaciones, los robos, los asesinatos; no tengo que decírtelo. Es una malísima idea.

—¿Creés que aquí sin hacer nada estamos mejor? Preguntá a la Sonia si hubiera preferido irse o quedarse.

—Eso no tiene por qué pasarte a vos; yo te voy a cuidar.

—Mi mamá quiere que haga el viaje, y me insistió, me insistió tanto que pensé que lo mejor era decirle que sí y luego reunir un dinero y mandarte a traer.

—Pero nunca hablamos de eso —protestó Antonio.
—Pero es lo mejor, Antonio. Y sabés que es lo mejor. Aquí no tenemos nada, estamos en la mierda, como todos. ¿Cómo vamos a salir de eso? Mi mamá está cada vez mejor, y mi hermana también. Allá sí podemos tener un destino, un trabajo decente. Y aquí, ¿qué? Estando allá podemos ahorrar y hacer lo que queramos. ¿No querías conocer Broadway?
—¿Broadway? —dijo Antonio—. ¿Y qué vamos a hacer en Broadway?, ¿limpiar excusados?
—Sí que sos un tonto —se quejó Lucy—. No me querés oír.
—Lo que no quiero es que me dejés. ¿No lo entendés?
—Sos un necio, Antonio. Siempre lo has sido. ¿Acaso no ves que es una oportunidad para los dos? ¿Acaso no ves que necesitamos cambiarnos la vida? Antonio, ¿no alcanzás a mirarlo?

Siguieron así un rato más, pero ninguno cambió de idea. Al acabar la conversación, Antonio supo que Lucy se marcharía, estaba decidido, y no tenían más que hablar al respecto. Lucy insistió en que enviaría por él, pero Antonio no quería escuchar nada más sobre el viaje o sus posibles consecuencias futuras.

Cuando Tomás volvió a recordárselo, Antonio sintió un halo de amargura en la boca. Sabía que su amigo tenía razón, pero ya no servía de nada lamentarse.
—¿Qué has estado haciendo? —le preguntó a Tomás.
—He estado en lo del señor Putman todo el rato —respondió el muchacho, mientras mostraba unas páginas repletas de figuras grotescas trazadas con carboncillo—. Soñé con este dibujo la otra vez. Soñé que me perseguía. ¿Ves que tiene cara de rata?
—¿Se sabe algo de tu hermano? —volvió a preguntar Antonio.

—¿Mi hermano? —repitió Tomás, y negó con la cabeza—. No, nada por ahora.

—Si no salís de aquí… —Antonio dejó la frase sin terminar.

—Lo he pensado —repuso Tomás.

—¿Has pensado qué?

—He pensado qué pasaría si no salgo de aquí en un tiempo, y casi me da igual, o me daría igual si no fuera por las putas ratas.

Tomás hizo un ademán con la mano llamando a Antonio, y este lo siguió e hizo lo que su amigo, pegar la oreja a la pared.

—¿Estás oyendo? —le dijo Tomás.

—¿Qué es? ¿Pasa agua por allí?

—No, no es agua. Son ratas.

—¿Ratas? No se oye como ratas. ¿Estás seguro?

—Hace tres días cayó un gato en la alcantarilla —explicó Tomás—. Como sabés, esta cisterna empieza en la casa, pero acaba más allá del patio, y esa pared es justo la de la alcantarilla.

—¿Y qué pasó con el gato? —quiso saber Antonio.

—Lo oí todo, Antonio. El gato se cayó o lo dejó caer alguien, no lo sé; pero podía oír los maullidos y luego los chillidos de las ratas y los chillidos desesperados del gato. Te lo juro. Y fue allí mismo, Antonio. Pobrecito ese animal, se lo comieron vivo. Se lo comieron vivo. Te lo juro que fue así. Detrás de esa pared debe haber cientos de ratas.

Antonio sintió la urgencia de salir de aquel hoyo. Aunque no lo dijo, escuchaba las ratas, y no pudo evitar sentirse de pronto atrapado en aquella habitación sin ventanas, donde la oscuridad se volvía densa como una neblina, algo casi corpóreo, capaz de afectarte, como lo había hecho con Tomás.

—Tenés que salir de aquí o te vas a enfermar —suplicó Antonio—. Tenés que salir ya mismo.

—Enfermo ya estoy, Antonio.

—¿Cómo es que tu hermano no responde?

—Ya dijo algo: que todavía no puede llevarme con él, que espere un poco, que no ha podido conseguir el dinero.

—¿No les había contado que tenía un buen trabajo?

—Sí, pero ahora dice que apenas le alcanza para sobrevivir.

—¿Y toda esa mierda de los restaurantes donde comía y los viajes? —preguntó Antonio—. ¿Y todas esas fotos que les enviaba? Una mierda...

—No tengo ni puta idea. Lo cierto es que no tiene apenas dinero, eso nos dijo, y que antes le gustaba presumir, que por eso mandaba las fotos, pero que en realidad no tiene mucho. En fin, ya está. Tampoco lo culpo. Supongo que hace lo que puede.

—¿Cuánto podés aguantar aquí adentro?

—No mucho.

—¿Cuánto es *no mucho*?

Tomás lo pensó un poco. No quería hacerse la víctima, detestaba provocar pena; al contrario, quería mostrarse fuerte.

—No lo sé, un par de meses. Puedo aguantar un par de meses. ¿Ya lo sabe la Sonia?

—No, ella no sabe nada.

—Que nadie vaya a contarle, Antonio.

—No hay manera. Nadie sabe que estás aquí, yo no le dije a nadie.

—Bueno, es lo mejor.

—A veces no sé ya ni qué estamos haciendo. ¿Qué estamos haciendo, Tomás?

—Sobrevivir, supongo.

—Pero ¿para qué? ¿Qué hay al final?

—Yo qué sé, Antonio. Yo qué sé...

25

El patio de la cárcel era un rectángulo con el suelo de cemento y sin árboles, por lo que permanecer ahí de las once de la mañana hasta las cuatro de la tarde era insoportable diez meses al año, cuando el sol calentaba como un fogón. Si llovía, se formaban charcos, pues en muchos trechos el cemento del suelo estaba roto o desnivelado y se empozaba el agua. Cuando se organizaba alguna celebración, el Día de la Madre o Navidad, todo sucedía en el patio. Se llevaban sillas de plástico o toldos que se colocaban al centro, y algún artista, un mago, un cantante de rancheras o un grupo de teatro ofrecía un espectáculo, o se servía algo distinto para comer, pavo o gallinas asadas, o arroz preparado de una manera más elaborada, con pollo y chorizo. Cada mañana, las reclusas salían al patio y permanecían allí esperando el almuerzo, jugando a las cartas o sentadas junto al muro, buscando algo de sombra. A veces, se organizaban juegos de fútbol, pero las repetidas peleas que conllevaban aquellos encuentros no animaban a las custodias a prestarles balones. Si no llovía, se situaban unas ollas con café junto a la puerta que daba al comedor. A Sonia no le gustaba beberlo, pues le sabía demasiado amargo. Si estaba azucarado era pasable para ella, pero eso no sucedía casi nunca.

Sonia abrió el libro por la mitad y leyó un párrafo, y luego lo cerró. Pasó la mano sobre la superficie de la portada. Miró a una mujer, frente a ella, que enrollaba un cigarro. Estaban a unos pocos metros de distancia. La mujer se llamaba Anís y se reía sola. Lo hacía siempre. Estaba recluida por una pelea con la maestra de instituto de su hija menor, que entonces tenía ocho años. La maestra, que era además la madre de un policía, acabó con un lapicero clavado en el ojo izquierdo. Anís solía asegurar que lo ocurrido no había sido más que un accidente. Pero algunas veces se ufanaba de haber destrozado el ojo de la mujer, a quien decía detestar por ser madre de un policía al que acusaba de pertenecer a un grupo de exterminio: *Era la mamá de un asesino que se llevó a varios de mi barrio, incluido un sobrino mío, y eso no tiene perdón.* Cuando contaba esta versión de los hechos, se sentía orgullosa. Negaba incluso que se hubiera peleado a golpes con la maestra, se quejaba de estar presa injustamente, y decía que era una especie de venganza porque su marido tenía un romance con la maestra en cuestión.

Anís saludó con un movimiento de cabeza a Sonia, quien bajó la vista al libro. No quería tener nada que ver con ella. En verdad no quería tener nada que ver ni con Anís ni con casi nadie en aquel lugar. Sonia leyó unas líneas que relataban la historia de una mujer policía que encontraba el cadáver de un perro en su patio. Se describía al perro, la tensión de la mujer, y ella pensó de inmediato que se trataba de una señal. Se interesó y quiso leer desde el principio. *La vida triste de los superhéroes.* Hasta entonces no había leído nada de lo que le llevaba su madre; si esta le preguntaba sobre alguna de las novelas, Sonia inventaba una historia para ella. Si se sentía deprimida o demasiado triste, se disculpaba diciendo que no podía leer con tanto ruido.

—¿No has tenido ganas? —preguntaba la madre.

—No es eso, mamá; es que aquí todas gritan. Menos cuando duermen, pero cuando duermen apagan la luz.

—Pero... ¿estás bien, hija?

—Sí, mamá, estoy bien.

—Dicen que va a hacer frío. Te voy a traer tu suéter.

—Bueno, mamá, está bien.

—Les voy a pedir a tus hermanos que te manden alguna cosa también.

—No les diga nada, mamá.
—Siempre me preguntan por vos, sobre todo Luisito.
—Mamá, ¿sabe algo de Tomás?
—Yo no sé nada de ese muchacho, hija.
—¿No sabe si está bien? —insistió Sonia.
—Dicen que se ha ido con el hermano.
—¿A España?
—Eso dicen, pero a saber. Yo no sé nada ni quiero saber nada de ese muchacho, mirá que nunca te quiso venir a ver.
—Si se entera de algo, tiene que contarme.
—¿Para qué?
—Prométamelo, mamá.
—Sí que sos necia, Sonia. Por eso te pasó...
—¿Qué dice, mamá? ¿Por eso me pasó qué, mamá? Una mierda, no me diga eso. ¿También usted va a decir que fue mi culpa?
—No dije nada, hija.
—Una mierda, mamá. ¿Cómo me puede decir eso?
Anís hizo señas a Sonia con la mano levantada. Ella no hizo caso. Giró la vista hacia la fila del café, que no bajaba en número. La brisa trajo a ella el olor de las brasas del fogón. Aquel aroma le hacía preguntarse si Tomás estaría despierto o con Antonio en una cafetería pasando el rato, si pensaría en ella, si recordaría los días en que llegaba a las cinco de la mañana y desayunaban antes de ir a la Universidad, muertos de frío si era diciembre o enero, mientras su abuela roncaba en la habitación vecina.

26

—¿Ves lo que sucede, muchacho? —preguntó Sombra.
—No veo nada, señora —dijo Antonio.
—Todo es oscuridad. Eso dicen las cartas. Oscuridad. Desolación. Sangre. Mirá, los cuervos hacen sus nidos aquí, ¿ves? Y luego los animales del monte vendrán a roer los cuerpos.
—¿Y eso qué significa?
Sombra se quedó en silencio, con la vista fija en las cartas esparcidas sobre la mesa. La abuela de Tomás miraba a un lado y otro, iba de Antonio a Sombra. En la mesa no había más que las cartas, pero en la estufa el café hervía en una olla de peltre. Sentían el aroma sin percibirlo en realidad, como si no existiera o fuera parte de lo cotidiano y no anunciara nada.
—No es que ya no vea el futuro; es que, literalmente, no hay futuro —musitó Sombra—. No aparece nada. Y eso quiere decir que no queda mucho.
—¿Mucho para qué? —preguntó Antonio.
—Para que todo se vaya al carajo definitivamente —respondió Sombra—. Es que no veo futuro en las cartas. ¿Me entienden lo que quiero decir? Es como si los días terminaran y no hubiera nada más. Es la segunda vez que me sale eso. Y el tarot no miente. Si acaso, nos equivocamos nosotras al leerlo, pero las cartas siempre dicen la verdad.
—Yo no puedo leer las cartas —intervino la señora Marta, la abuela de Tomás—, pero para mí está claro que todo se ha ido al carajo desde hace tiempo. Ya solo nos queda la muerte.

—No diga eso, madre —exclamó Antonio.

—Andamos en un valle de tinieblas, pero el Señor está con nosotros, así que no temeremos —dijo con solemnidad Sombra.

—El Señor se ha olvidado de sus hijos —replicó Marta.

—Dentro de poco —siguió Sombra—, no va a quedar nadie en este lugar. Las cartas es lo que dicen. ¿Ven? No queda nada, solo una noche larga, y los cuervos en las ramas de los árboles secos. Y los animales que reptan. La muerte está en todas partes, abajo de todos y arriba de todos.

—¿Qué se puede hacer? —preguntó Antonio—. Alguna solución habrá, digo yo. ¿O ya no?

—Hacer... Bueno, esto no es una guía de supervivencia, hijo —dijo Sombra—. A lo mejor no podemos hacer nada, solo esperar que suceda. La vida es como es. Ya te he dicho que aquí se ven más muertos que vivos. Si tenés ojos para mirar, es lo que ves siempre.

—Ojos para mirar es lo que nos hace falta —repuso la señora Marta.

—Salís a la calle y ves muertos y vivos, pero muchos más muertos, muchísimos más —dijo Sombra—. Están por todas partes.

—¿Vio muertos ahora que veníamos para acá? —quiso saber Antonio.

—Sí, uno o dos muertitos. Los veo todo el día. Quiera o no quiera.

—¿Y habla con ellos?

—Solo si no puedo evitarlo, pero ya no sucede casi nunca. ¿Me creés lo que te digo?

—¿Y eso importa?

—No dije que importara. Pero quiero saber, ¿ajá? ¿Me creés o no?

—Le creo —dijo Antonio—. Le creo, sí.

Sombra asintió y esbozó una sonrisa.

—Penosamente para todos, lo que les digo es cierto. Este tiempo se acaba. Pero, cuando venga la muerte, que nos encuentre fuertes, juntos y llenos de fe.
—Amén —remató la señora Marta.
—Que así sea —agregó la señora Sombra.

27

Sombra y Antonio se marcharon poco después de las diez. Minutos más tarde, dos chicos y una chica llamaron a la puerta de la casa de Marta. Cuando esta los observó desde la ventana, un temblor nervioso apareció en su ojo derecho. No era la primera vez que le ocurría. Se llevó la mano al ojo y dijo:

—Ya voy, ya voy.

Caminó hasta la puerta y se detuvo frente a ella. Hubiera preferido no abrir, pero sabía que sería peor, que no tenía alternativa.

—Buenos días, madre —saludó la chica cuando Marta abrió—. Venimos a buscar a Tomasito.

—Buenos días —respondió Marta con voz suave, lenta, como si fuera incapaz de hablar más fuerte—. Mi nieto no está, ya les dije la otra vez que se fue para Estados…

—Unidos —dijo la chica, completando la frase—. Se fue para Estados Unidos, sí. Pero venimos a buscarlo igual, madre.

—Fíjese que no hemos comido —comentó otro de los chicos.

—Tengo café —ofreció la señora Marta.

—Mire, madre —dijo otra vez la chica—, ¿a qué viene tanto aquí esa bruja?

—Sombra siempre ha sido una amiga, ha venido siempre.

—No tanto como estos días —insistió la chica.

—Vienen a tomar café conmigo. Les da pena que me he quedado sola y por acompañarme, a eso vienen.

Marta observó al tercer chico; su aspecto era serio, y miraba hacia el final del pasaje, al predio baldío, el descampado repleto de hierbajos secos, árboles raquíticos, improvisadas colinas de basura, neumáticos y carcasas de automóviles. A esa hora nadie caminaba por el pasaje ni por el predio. A lo lejos se escuchaba el tráfico, los cláxones ruidosos de los autobuses. El sol era una mancha blanca, como un molusco sin vida que flotaba. La campana del camión de basura sonó abajo. Una vecina se asomó con temor a una ventana para contemplar la escena.

El tercer chico miró a la mujer y dijo:

—Vamos a pasar, madre. Y pídale a la Virgen que no encontremos nada.

El chico pasó junto a la anciana, atravesó la sala y entró a una habitación a la derecha. Los otros dos lo siguieron. Sin cerrar la puerta, Marta se dirigió a la cocina y cogió la olla del café por el mango. Aún estaba tibio. Se sirvió una taza. No podía hacer nada, ni siquiera rezar. Escuchó que los chicos quitaban el techo de duralita y supo que se asomaban allí porque uno gritó *No hay nada, no hay nada*.

El marido de Marta murió al inicio de la guerra civil de los años ochenta; su hijo, al final de la misma. Cuando esto último sucedió, su nuera tenía dos meses de embarazo de su segundo hijo, Tomás. Poco después de que Tomasito cumpliera los ocho, su madre se marchó a los Estados Unidos. Era el año 99. Y así, Marta se quedó sola con sus nietos. Su nuera le aseguró que se llevaría a sus hijos, pero nunca lo hizo. Se casó con un cubano de Miami y tenía tres hijos más con aquel hombre. Vivían en Boca Ratón. Al principio, enviaba dinero, pero cada vez menos, y llegó un día en que no lo hizo más. Entonces, Marta tuvo que asumir que la gente se marchaba y se volvía distinta, le era fácil olvidar, incluso a los propios hijos, olvidar y elegir otra vida, dejar todo atrás, hacer una llamada de vez en cuando, en los cumpleaños o en Navidad, cuando también enviaría algo más de dinero, trescientos dólares, doscientos cincuenta. Servía de poco. Marta tuvo que asumir el cuidado de sus nietos mientras trabajaba en una maquila. Se sentía fuerte. Aún podía trabajar las horas que le exigían, desde el mediodía hasta las ocho de la noche. Vivían una situación tan precaria que Marta tomó un préstamo a fin de comprar un billete de avión para Andrés, el hermano mayor de Tomás, con la ilusión de que este, más tarde, pudiera llevárselos, lo que el chico prometió muchas veces. Como obtener un visado a los Estados Unidos era imposible para cualquiera de ellos, y Marta no quería que su nieto se arriesgara en un viaje clandestino, prefirió comprar un vuelo a Madrid, donde no se necesitaba más que un pasaporte vigente. Andrés tenía ya casi dos años de haberse marchado; que cumpliera la promesa de llevárselos era la única ilusión de la señora Marta.

—Voy a quitarle café, madre —anunció la chica, que cogió una taza y se sirvió.

—Hay azúcar allí —dijo la señora Marta y señaló una taza sobre una cómoda.

—Da igual, todo me gusta amargo —explicó la chica, mientras se servía—. Madre, dígame: ¿no ha visto entonces a su nieto? ¿Cuando va a trabajar no lo ve? ¿No se lo encuentra por allí por donde anda?

—No sé nada de él desde hace un montón de días —dijo Marta—. Ustedes bien saben, ya se lo dije. Les digo siempre lo mismo.

—La veo nerviosa, madre.

—Es que no sé por qué vienen a buscarme siempre.

—Ya, pero usted no se preocupe. Esa es cosa de nosotros con él, no con usted. ¿Me entiende?

—Lo que entiendo es que si lo encuentran lo van a matar.

—Bueno, madre, tranquila. Eso no es así. ¿Cómo va a pensar eso de nosotros? Si solo queremos hablar con él. Tenemos cosas pendientes, usted sabe. ¿No va a trabajar hoy? Está en la maquila, ¿verdad?

—Entro a las doce.

—Bueno, si quiere váyase, no se le haga tarde. Nosotros le vamos a cuidar la casa.

—Pero si no hay nada aquí, muchacha. No van a encontrar nada.

—¿Y eso qué, madre? ¿O desconfía de nosotros? No le vamos a robar nada. Y le vamos a lavar los platos.

La señora Marta no respondió, sabía que no podía hacer nada. Hacía mucho que no podía ni siquiera pedir a Dios, o decir una oración a san Antonio, como cuando era niña; o rezar el rosario, como lo hacía con su madre y su propia abuela. Era católica, pero no asistía a misa.

De pronto, Marta se sintió cansada y por un instante pensó que podía desvanecerse. Se apoyó en la mesa. Respiró. Escuchó a la chica hablar, decir *Madre, madre, quédese tranquila, madre*, pero no respondió. Caminó hasta su habitación. Cogió un suéter, se lo enfundó. Escuchó a los chicos y la chica que se despedían de ella: *Aquí nos quedamos, madre, no se apure, que le vaya bien, madre*, y la señora Marta salió en silencio, dejando atrás a los cuatro: a los tres visitantes en la cocina y a su nieto, protegido por la oscuridad. Se fue calle abajo tratando de recitar el padrenuestro, pero no pudo recordarlo. La noche se hacía cada vez más fría.

28

Sonia abrió la carta de su madre que debió haber leído la víspera y descubrió que contenía una queja. Le contaba que una vecina había visto a don Luis, el padre de Sonia, en un bar, y le advirtió que no estaba solo. Dos días más tarde, ella misma visitó el establecimiento y lo encontró allí con dos amigos y una mujer de unos cuarenta años, pelo afro pintado de amarillo, la misma que le describió la vecina. Don Luis se puso tan nervioso al verla aparecer que ni siquiera acabó la cerveza que bebía, se levantó, dejó dinero sobre la mesa y se marchó sin despedirse de sus amigos. Cuando Alba le preguntó quién era su acompañante, él le dijo que se trataba de la novia de Ramírez, uno de los amigos con quienes estaba en ese momento. No parecía la novia de nadie, aseguró la señora Alba, *parecía una prostituta de cinco dólares*, escribió a su hija. Luego contó que el señor Luis no le confesó nada, y apenas habló con ella esa noche, pero que eso no importaba, pues en los últimos meses casi ni hablaba con ella. El señor Luis trabajaba en el mantenimiento de un centro comercial. Limpiaba los baños, chapodaba el césped, fregaba el suelo de los pasillos, revisaba los contenedores de basura. Cada día llegaba al lugar a las cinco treinta de la mañana y encendía las luces del parqueo, empezando por el piso de abajo. En ocasiones, antes de hacerlo, le gustaba dar un paseo en la oscuridad, o sentarse a beber un café sin pensar en nada, sin ver ni escuchar nada. Se quedaba allí hasta que se acercaban las seis, cuando debía subir y fregar o revisar que hubiera suficiente papel higiénico en los baños. Nunca almorzaba. Salía del trabajo a las tres treinta, pero jamás iba directo a su casa. En ocasiones, caminaba hasta el parque de la colonia donde vivía para jugar a las damas, las cartas o el dominó con otros como él. Otros días, bebía solo o en compañía de algún amigo. Sea cual fuere la ocasión, no llegaba a su casa hasta las siete o un poco más tarde. Luego de cenar, veía el noticiero de las ocho de la noche, pero dejó de hacerlo cuando se encontró con la noticia de la hija. El mismo locutor que escuchaba cada día leer las noticias de asesinatos, robos o peleas de narcotraficantes, esta vez decía el nombre de Sonia, hablaba de derechos humanos, de aborto, de protestas de un grupo feminista por la condena impuesta, por los gritos de otro grupo, esta vez religioso, que la llamaba infanticida. No volvió a ver el noticiero desde entonces. Ni ese ni ningún otro. Detestaba a su mujer por no haber impedido lo ocurrido con su hija, pues pensaba que era la principal culpable. Él mismo no se sentía culpable de nada. *Me he pasado trabajando toda la vida*, pensaba, *he dejado mis mejores años en una puta empresa limpiando la mierda de los demás, y esa mujer no fue capaz de criar bien a su propia hija*. Se lo decía de esa manera a sí mismo, a sus amigos, a sus hermanos y a los hombres con los que jugaba a las damas, las cartas o el dominó. Si alguien disentía de su opinión, si alguien se atrevía a llevarle la contraria o a compadecerse de la hija, abusada por unos delincuentes, era capaz de llegar a los golpes. Muy pronto, los que lo conocían aprendieron a no llevarle la contraria en ese tema, a asentir, a escucharlo quejarse de su vida miserable, más que la de todos los demás. Como era de esperar, lo mismo que decía a los otros, les dijo a sus hijos mayores cuando llamaron desde Estados Unidos, donde vivían.

—Es culpa de mi mamá, que dejaba hacer a esa bicha zorra todo lo que quería —se quejó el hijo menor, al escuchar a su padre.

—Yo se lo advertí, papá —exclamó el otro, el mayor—. Se lo dije a mi mamá y a usted que eso de la Universidad era excusa para la vagancia, que debían haberla puesto a trabajar. Si hubiera estado trabajando, nada le hubiera pasado.

El señor Luis dio la razón a los hijos y siguió hablando, diciéndoles todo lo que no quería decir a su esposa, la señora Alba. A ella la escuchaba, pero casi nunca le apetecía responderle. Llevaban meses así. No quería conversar con ella, ver un programa en la televisión, menos hacerle una caricia.

La señora Alba aseguraba a Sonia en su carta que estaba cansada de su padre y que no dudaba de que la engañaba con la mujer del pelo afro o con quien fuera. Que ninguna de las dos le importaba, y lo mejor era que se marchara de casa, pero que no quería pedírselo. Antes de leer el final, Sonia hizo un puño el papel y lo lanzó por la ventana de la celda. Detestaba que su madre escribiera para contarle cosas de su padre. Todo era malo para ellos, pero Sonia prefería no saberlo. Su padre la visitó cada domingo durante el primer mes, pero luego no lo hizo más. En una ocasión le escribió unas líneas como posdata en una de las cartas de la señora Alba. Otra vez, en el cumpleaños de él, se saludaron por teléfono, pero don Luis estaba tan borracho que Sonia dudaba de que hubiera sabido que hablaba con su hija.

Sonia pensó que la próxima vez que viera a su madre le insistiría en que no le contara nada sobre su padre. No lo soportaba. La amenazaría con no seguir leyendo sus cartas si encontraba algo más.

29

Tomás escuchó las carcajadas arriba y tardó un poco en comprender que venían del interior de la casa. Se levantó de la cama y sintió que las piernas no podían sostenerlo. Luego de que Antonio se marchara, Tomás apagó la lámpara y se tendió en la cama. No llegó a dormirse, se entretuvo divagando. Trató de decidir, como otras veces, cuál sería el mejor lugar para marcharse si pudiera elegir, si Alaska o la Patagonia, si Nuuk o el norte de Islandia. ¿Qué lugar estaría más lejos de todos y de todo? El señor Franco, el padre adoptivo de Maca, solía hablar de la vida en esos lugares, del frío insoportable en invierno, del horizonte blanco, de la desolación en la que los hombres parecían fantasmas, del sonido del hielo, semejante al de un animal gigantesco, de los pueblos que vivían en cuevas, de los esquimales y los habitantes de la Patagonia. Tomás imaginaba cómo sería asesinar con un palo a una foca, que decían que era un trabajo duro, pero bien pagado. Varias veces, el señor Franco les contó de la ocasión que caminó sobre un iceberg, de cómo saltaron de la lancha hasta el enorme bloque helado él y su compañero, un coreano de apellido Ham, y caminaron por allí para dar caza a una foca atrapada en el hielo. Tomás no tenía manera de saber si aquello era verdad, ni siquiera sabía si se podía caminar sobre un iceberg, pero daba igual, siempre disfrutaba de las historias de Franco. Tendido en la oscuridad pensó que, si lograba escapar, no quería establecerse en Madrid con su hermano; se marcharía al frío, al norte o al sur del mundo, a la desolación, al silencio. Aquel día, Tomás no se sintió con fuerzas de nada. Supuso que en realidad no quería hacer nada, salvo, cuando tuviera el valor suficiente, salir; aunque salir significara la muerte.

Tomás encendió la lámpara y tomó su cuaderno. Dibujó entonces la silueta de Putman, el personaje en el que trabajaba. Las voces seguían arriba. Trataba de calcular cuántas eran: ¿dos, tres o cuatro? Escribió una escena en la que Putman entraba a una casa y clavaba sus manos terribles como piedras filosas en la cabeza de cinco maleantes. Mientras dibujaba una viñeta en la que el héroe hundía su mano izquierda como un puñal en la nuca de uno de sus enemigos, pensó que necesitaba pedirle a Antonio que le diera un tiro en la cabeza. Le suplicaría que pidiera prestada una pistola al señor Franco y acabara con toda la oscuridad que le rodeaba. Le diría que tenía que hacerlo él, porque por sí mismo era incapaz. *Si tuviera el valor, lo haría yo mismo, pero no puedo*, eso le diría. Y si Antonio se negaba, y lo más probable era que se negara, trataría de convencerlo con el argumento de la eutanasia, pues podía considerarse a sí mismo un enfermo terminal, alguien que estaba condenado a muerte y no hacía más que sufrir mientras llegaba el momento. Era un buen argumento, un símil justo y preciso. Tomás supuso que podía argumentar o suplicar hasta convencerlo. Sabía que su amigo le diría *No, no puedo hacerlo*, y se negaría una y otra vez, pero Antonio era un chico tan inteligente como ningún otro que hubiera conocido y podría comprender su necesidad de morir: no tenía una vida ni podría tener una, estaba encerrado, y su chica, su dulce chica, su Sonia, estaba encerrada también, condenada a perderlo todo, su juventud, su destino, su vida. Y nadie podía hacer nada para salvarlos. Ni a ellos ni a su abuela. La única posibilidad que tenía la señora Marta era que él se entregara o que muriera. Si no era así, los que lo buscaban no la dejarían en paz. Además, estaba el asunto de las ratas. Antonio lo sabía bien. Y antes que ser devorado por las ratas, era mejor morir de un disparo. Sí, lo intentaría, debía intentar convencer a su amigo para que acabara con su sufrimiento. Lo deseaba en ese instante, cuando escuchaba las risas arriba, dentro de su casa.

Luego de un rato pensó que debía salir. Se dijo: *Ya está bien, acabemos con esta mierda.* Tomás, el chico en la oscuridad, se levantó y subió tres peldaños de la escalinata, antes de detenerse. Se quedó quieto varios minutos. Quería convertirse en su propio personaje, el implacable Putman, el terrible y sombrío Putman. Quería tener su valor y su fuerza y salir y arrancarles la cabeza a quienesquiera que fueran los que estaban arriba, pero no pudo más que sentirse un condenado y un cobarde, un miserable incapaz de nada, una sombra de hombre, así que volvió a la cama y se tendió y cerró los ojos y lloró con una amargura que no reconocía.

30

La brisa se volvió un tornado en el patio. El viento giró sobre sí mismo y se estrelló contra las paredes. Anís, que peinaba el cabello de una anciana, corrió en dirección al pequeño tornado y se lanzó hacia él con los brazos abiertos, como si quisiera abrazarlo. Cayó sobre el piso, sin mayores consecuencias.

—Sí que está loca esa pobre mujer —dijo Ingrid, antes de sentarse junto a Sonia.

—Sí, pobre —musitó Sonia.

—De pobre, nada; es peligrosa. Ya te dije que no te le acerqués.

—No hablo nunca con ella.

—Mejor así. Ya te digo, nunca hay que confiarse de nadie. Por cierto, me pidió la custodia que te diga que tenés una llamada.

—¿Mi mamá?

—No sé, no me dijo. Pero andá de una vez.

El pequeño tornado escaló por una pared lateral antes de disiparse. Anís se quedó tendida en el suelo. Sonia evitó pasar junto a ella camino al salón de los teléfonos. Pensaba en la posibilidad de que quien llamara fuese Tomás. No podía evitarlo. Las pocas veces que su madre telefoneó lo hizo al final de la tarde. Y si era él, pensó Sonia, ¿qué le diría? Imaginó una frase. No le pediría que la esperara. Le diría que hiciera su vida, pero que no se olvidara de ella, que, si no quería verla, al menos le escribiera. Estaba bien que no se vieran nunca más, pero que no la abandonara, que no se deshiciera de ella como si de una camisa vieja se tratara, que le escribiera unas líneas de vez en cuando, unas pocas palabras, nada más, para saber que estaba bien, que la había perdonado, aun cuando ella no era culpable de nada.

Entró en la oficina y preguntó a la encargada quién llamaba.

—¿Y yo qué voy a saber? —respondió la mujer de mala manera—. Te llama un muchacho, es lo que sé.

Sonia sintió una emoción que ya no recordaba, algo parecido al dolor, como cuando tenía quince años y miraba a Tomás caminar por el barrio, en una época en que ni siquiera eran amigos. Se acercó el auricular y dijo:

—¿Tomás? —su voz era débil, apenas un susurro.

—No sé quién mierda es Tomás, pero imagino debe ser el pendejo ese que te dejó preñada.

—¿Quién habla? —preguntó Sonia, de pronto alterada, sorprendida.

—No soy ninguno de tus maridos. Soy el Francisco.

Francisco era su hermano, el de en medio. Unos años mayor que ella. Cuando se marchó a los Estados Unidos, Sonia tenía trece. No se veían desde entonces. En el último año, no hablaron ni en sus cumpleaños ni el día de Navidad.

—¿Cómo tenés este número?

—Sí que sos pendeja. ¿Creés que el número de la cárcel es privado? En fin, te llamo por una cosa: tenés que dejar tranquila a mi mamá.

—¿A mi mamá? ¿Y yo qué le he hecho a mi mamá?

—¿Qué le has hecho a mi mamá? ¿Qué le has hecho? No tenés vergüenza. Que estás en la cárcel, eso le has hecho, y ella me habla a mí llorando porque no sabe qué hacer. Montones de veces pasa lo mismo, y a mí me da miedo que se vaya a morir de un ataque. ¿Y todo por qué? Por la vergüenza que tiene por tener una hija en la cárcel.

—Mi mamá no tiene vergüenza de mí, ella sabe lo que pasó.

—Mirá, yo no voy a discutir con vos de lo que pasó o no pasó, no llamé para eso. Lo único que quiero decirte, pendeja, es que dejés tranquila a mi mamá, que la estás matando. Y sé que a vos te vale un huevo y medio todo lo que le pase a ella, siempre ha sido así…

—Pero si no me conocés. ¿Cómo me decís eso?

—Te conozco porque conozco a otras como vos, y todas son iguales, todas son unas pendejas que andan jodiendo con los maridos, y a la hora de la verdad, lo que acaban haciendo es joder a su familia. Siempre pasa. Y yo se lo dije a mi mamá, pero ella te dejó libre. Estas son las putas consecuencias.

—No sé qué estás diciendo, de verdad. No me conocés. No me conocés de nada. Y no creo que sepás ni lo que me pasó.

—Oíme bien, pendeja. Oíme bien. Ya más no puede uno joderte porque ya estás bien jodida, pero te advierto: dejá tranquila a mi mamá, dejala tranquila. Y a mi papá también. Dice mi mamá que mi papá ya ni habla. Y todo eso es tu culpa. Tu *fucking* culpa. Así que dejá que estén tranquilos. Tené decencia por una vez en tu puta vida, por una sola vez, y ya dejá que vivan en paz. Vos lo único que…

Sonia colgó el teléfono sin dejar que el otro acabara la frase. Le temblaban las manos. Sentía como si alguien le hubiera dado una paliza, pero no por encima sino por debajo de la piel. Empezó a llorar. Se acurrucó junto a la pared. Se tapó el rostro. Le aterraba que lo que decía su hermano fuera cierto, que su madre estuviera desesperada, tan cansada de ella que no quisiera volver a verla nunca.

31

Antonio bajó del autobús frente a la Universidad y se dirigió hacia el portón principal, que estaba abierto a pesar de ser período de vacaciones. Era poco más del mediodía. Avanzó a través de los jardines carentes de belleza, pues eran una acumulación de hierba desprolija, arbustos sin cortar, flores pisoteadas y basura desperdigada, bolsas de papas fritas, envoltorios de galletas, latas de cerveza o refresco. Llevaba un suéter y dos camisetas, pero aun así pasaba frío, así que metió las manos en los bolsillos de los jeans, lo que no sirvió de mucho. Llegó al edificio de Artes y lo rodeó para dirigirse al local donde ensayaban los del grupo de teatro. Aunque no hubiera clases comunes, el teatro no paraba casi nunca, y él sabía que solían ensayar a esa hora, por lo que era probable que Lucy estuviera allí, ensayando o despidiéndose de sus amigos, amigas y maestra. Lucy llevaba tres años en eso, desde el día que entró a la Universidad.

Cuando Antonio llegó, el local estaba cerrado. Tocó a la puerta, pero no recibió respuesta. A unos metros, sentada en una banca, descubrió a la señora Marta, la profesora de teatro. Usaba lentes oscuros, fumaba y miraba hacia ninguna parte. Antonio caminó hacia ella. Marta parecía ida, como si su vista y sus pensamientos estuvieran en un lugar distinto. Ni siquiera notó que Antonio se acercaba.

—Buenas —saludó Antonio.

—Hey, ¿qué tal? ¿Qué hacés aquí?

A Antonio lo sorprendió la pregunta, pues su presencia era habitual en ese lugar. Muchas veces llegaba a buscar a Lucy después del ensayo para ir a almorzar o a su casa.

—Es que venía por el ensayo.
—¿Por el ensayo? —se asombró la mujer—. Es a las tres.
—¿A las tres? ¿Han cambiado?
—Le dije a Lucy que era a las tres. Si iba a quedar aquí con vos, te informó mal.
—Ya, no, es que no me dijo nada —musitó Antonio.
—Andará distraída, la pobre. Con todo eso de su viaje. En fin, la cosa es que los de Ingeniería tenían no sé qué, un almuerzo con un profesor que se retira, o cumpleaños, no sé, y no iban a salir a tiempo, así que era más fácil dejarlo para más tarde.
—Bueno, pues vengo a las tres.
—*See you*, Antonio —dijo la mujer, dio una chupada a su cigarro y sonrió.

Mientras se alejaba, Antonio revisó si tenía un mensaje de Lucy, pero nada, ni una sola palabra. Reprimió el deseo de escribirle una grosería. No estaba molesto sino desolado. No entendía cómo Lucy podía ser tan dura con él. Parecía que fuera otra persona, alguien incapaz de la piedad y la misericordia.

Avanzó con las manos en los bolsillos y la vista perdida en la tierra que pisaba, y él mismo se sintió maldecido, como si una mano pesada, oscura, cruel, se posara sobre su cabeza y no le permitiera ver más allá. Pensó en su padre. Pensó en su abuelo asesinado. Pensó en la tristeza terrible que habían arrastrado los otros antes que él. Recordó las palabras de su padre, que antes le parecieron absurdas, pero que ya pensaba que podían contener la verdad:

—Estamos malditos, hijo. Mirá tu abuelo, no se pudo escapar y tuvo esa muerte espantosa. Me lo mataron delante de mí. Eso no se puede olvidar nunca, hijo. Es una maldición. Que yo lo sé.

Cuando Gaspar, el abuelo de Antonio, cumplió los doce años, consiguió trabajo como recolector de granos de café y permaneció en aquel empleo hasta que se hizo albañil, luego tendero y, más tarde, ayudante en una farmacia, cobrador en un autobús que viajaba al puerto de La Libertad, cazador de venados y tigres de monte, y todo eso hasta que conoció a la mujer que sería su esposa, Julia, y se marchó con ella a trabajar a otra finca de café enclavada en las montañas, cerca de la frontera con Honduras. Procrearon cuatro hijos. Y así pasaron los años. La madre y el padre de Gaspar murieron, y sus tías también, y fue como si un ciclo se cerrara. Cuando el más pequeño de sus hijos, Antonio José, cumplió los siete, la señora Julia aceptó un trabajo en una casa en San Salvador. Se encargaría de cuidar a otros niños. Le darían dónde vivir seis días a la semana además de un salario, mínimo pero, según ella, suficiente. Gaspar aceptó de mala gana, pues necesitaban el dinero. Era el año de 1980. El país se hundía en la guerra civil. El aire olía a pólvora. Los caminos aledaños se vaciaban al anochecer. Al interior de las casas, todos hablaban en voz baja.

Una mañana de aquel año, el ejército llegó al pequeño pueblo donde Gaspar vivía con su familia. No era una visita habitual. Según las informaciones que poseía el ejército, en aquel pueblo suministraban víveres a sus contrarios de la guerrilla. Debido a ello, cada uno de sus habitantes era considerado sospechoso de pertenecer o colaborar con la guerrilla. Y lo que sucedía si eras considerado sospechoso era la cárcel o la muerte.

Los soldados reunieron a todos los habitantes en la plaza. Los separaron en tres filas: una de hombres, otra de mujeres y otra de niñas y niños. Pidieron que dieran un paso al frente los que pertenecieran a la Organización Guerrillera. Nadie lo hizo. Poco después, los asesinaron a casi todos.

—Ya era el destino de mi papá morir así. Se salvó en el 32, pero no pudo salvarse en el 80. Tenía que morir en una masacre, y así murió. Pobrecito, mi papá.

Desde su lugar en la fila, Antonio José observó cómo dos soldados arrodillaron a Gaspar. Le pusieron un rifle en la cabeza. Dispararon. Su padre cayó como una piedra en el estanque, sin hacer ruido. El niño escuchó el sollozo de sus hermanos, quienes lo rodeaban, pero él no podía llorar, el llanto se le atragantó en algún lugar muy profundo, en la oscuridad entre el alma y la piel.

—No sabés qué es eso, hijo. No sabés qué es ver morir a tu papá y luego a tus hermanos. Los mataron tan cerca de mí a mis hermanos, que la sangre me cayó en los pies. Pienso en ellos todos los días, hijo. Todos los días.

Antonio José tenía entonces nueve años.

Los soldados les perdonaron la vida a él y a dos niños más para que pudieran contar el espanto. Querían dejar una advertencia, y, para que fuera aún más terrible, debían dejar testigos que dieran cuenta de lo ocurrido, así que permitieron vivir a aquellos pequeños, quienes permanecieron en el lugar mientras en una enorme fosa común ardían los cuerpos de sus padres y sus madres y sus hermanos y sus abuelos. El niño Antonio José esperó por dos días la llegada de su madre.

—Tampoco he olvidado nunca ese olor. Ese tufo a carne chamuscada no se puede olvidar.

—¿No hubiera preferido morir también?

—He pensado eso toda mi vida, hijo. Pero Dios tenía un encargo para mí, por eso estoy aquí con ustedes.

—Si fue así, papá, no sé quién es más cruel, si los soldados o su Dios.

—No digás eso, hijo. No digás eso. No cuestionemos los caminos de Dios. Pedile perdón, Antonio.

—Bueno, papá.

—¿Antonio?

—¿Qué, papá?

—Lo digo en serio. Cerrá los ojos y pedile perdón a Dios. Él hizo el milagro de que me dejaran con vida. Por eso estoy aquí. Y por eso estás vos aquí también, y tu hermana.

—Bueno, papá.

Julia, la madre, volvía al pueblo para ver a sus hijos un sábado cada quince días. Pasaba la noche con ellos y regresaba a la capital el domingo por la tarde. Julia no sabía lo sucedido, la masacre terrible, aunque muchas voces en el autobús cuchicheaban una sospecha, decían que el ejército andaba cerca, que se escucharon detonaciones al oscurecer, que el humo que veían no era el de un incendio, que el aire malsano enfermaba a quienes lo respiraban, que la luna era un ojo de sangre que hablaba de la muerte. Julia decidió no escuchar. Cuando bajó del autobús, quiso creer que la mañana era una como cualquier otra, y se sintió tranquila, repentinamente llena de confianza. Debía caminar cerca de una hora montaña arriba para llegar al pueblo. Antes de la primera media hora observó la columna de humo. Como no encontró a nadie en los senderos, pronto creció una duda dentro de sí. Una sombra que se hizo tan grande que llegó a colmarla. Para cuando observó los primeros tejados, luego de un recodo, no le quedaban ni fuerzas ni ilusión ni deseo de seguir avanzando, y solo lo hizo porque ya no podía detenerse. Cuando su hijo salió a su encuentro, pensó que era un fantasma. Ni siquiera corrió a abrazarlo, se detuvo en seco, paralizada por el miedo, y el niño, débil a causa de la inanición, soñoliento, aturdido por su propio temor, tampoco fue efusivo con su madre, apenas pudo hablar, decir *Mamá, mamá, mamá*. Su voz era un sollozo.

—Estoy aquí, mamá —dijo el niño.

—¿Estás vivo? —susurró la madre.

—Me dejaron vivo, mamá. Me dejaron vivo para que contara, eso me dijeron, que tenía que contar, pero no quiero contar nada, mamá.

—¿Y tus hermanos?

—¿Cuáles hermanos, mamá? Yo nunca he tenido hermanos.

Era el menor de tres hermanos de trece, once y diez. Si genuinamente no recordaba a los otros, o si no quería acordarse, es algo que la madre no llegó a saber. Era cerca del mediodía. Un sol terrible iluminaba aquella desolación, desbordando una luz casi húmeda, transparente a la manera de un estanque de aguas tan limpias que se consigue ver el fondo. La madre tomó a su niño de la mano y lo llevó a su antigua casa. Buscó algo para darle de comer, apenas encontró algunos plátanos, tan maduros que hizo con ellos una especie de papilla que le dio con una cucharilla de madera como cuando era un bebé, y luego le cantó una canción que lo hizo dormir.

A la mañana siguiente, Julia llevó a su hijo donde su propia madre. Antonio José vivió con su abuela toda su niñez y su juventud, y fue un buen chico, aunque no hablaba ni dormía bien, pues sufría pesadillas terribles. Lloraba al escuchar las campanas de la iglesia sin saber por qué. Y también lloraba cuando se encontraba con una tropa de soldados.

Cuando Antonio José enfermó de cáncer, era ya un hombre con dos hijos adolescentes, Antonio y Julia.

—Estamos malditos, hijo. No tengo otra explicación. Pero no solo tu familia, todos aquí estamos malditos. Hemos vivido más en la sombra que en la luz. No hemos dejado de matarnos desde hace más de un siglo. Nos merecemos lo que nos pasa. Por eso te digo que no vale la pena seguir.

—Pero siempre vale la pena, papá.

—A los veinte años uno piensa así, pero ya vas a tener más años y vas a entender lo que te digo.

Antonio José murió poco después de que su hijo cumpliera los veinte, pero no por la enfermedad que padecía: se suicidó engullendo una buena cantidad de pastillas en mitad de la noche. Para Antonio, la vida de su padre se parecía a una de esas pesadillas que nos inmovilizan al despertar. Un terror nocturno que lo mantuvo en una vigilia que acabó cuando pudo pasar de una noche a otra noche más terrible, sin despertar jamás.

32

Antonio dejó atrás la Universidad y se dirigió hacia el sur a través de una callejuela, pasó por un redondel y más allá una iglesia, a la cual entró. El lugar estaba casi vacío, pero había un sacerdote al frente oficiando la misa. Antonio se sentó en la penúltima banca, cerró los ojos y dijo algo que nació desde el fondo de él:

—Aquí estoy. Ahora bendíceme y déjame en paz, te lo suplico.

El chico se sentía cansado, triste, frustrado de no poder hacer nada. Seguía pensando en las palabras de su padre, en la maldición.

—¿Por qué hablás tanto de tu papá? —le preguntó Lucy en una ocasión—. Hablás y hablás de él, pero no querés aceptar lo que le pasó.

—Casi nunca hablo de mi papá —se defendió Antonio.

—Siempre hablás de él y de tu abuelo. ¿No te das cuenta? —insistió Lucy.

—No siento que hable de ellos.

—Sí lo hacés, precioso, sí lo hacés, y casi por cualquier cosa. Y cuando alguien te pregunta cómo murió tu papá, te enojás. Y entonces seguís diciendo cosas de él, pero todas malas. Y eso te hace daño.

—No me hace daño, Lucy. He aceptado lo que le pasó.

—Yo creo que no, Antonio. Lo culpás de todo. Y no digo que no tuviera culpa ni nada de eso, solo digo que te hace daño estar siempre en lo mismo.

—Ni me hace daño ni lo menciono casi nunca —dijo Antonio.

Cuando Lucy se hartó de la discusión, no insistió más. Casi diez meses más tarde, Antonio le habló a su padre en la iglesia. *Ya basta*, le dijo, *ya basta. Estoy cansado. Déjame en paz*, musitó. Entonces sintió una mano en la cabeza. Una mano rígida, pesada, de hombre. Se quedó en silencio. Percibió un olor, algo animal, como de un adulto que no se ha duchado en muchos días y ha fumado o bebido alcohol o ambas cosas.

—¿Qué pasa, muchacho? —dijo el hombre.

No era su padre, sabía desde el principio que no podía serlo, pero lo pensó. No necesitó levantar la vista, reconoció la voz, sabía de quién se trataba.

—Qué raro verte en la iglesia —dijo el hombre.

—Lo mismo digo.

—Yo vengo casi todos los días.

—No sabía —repuso Antonio.

El hombre dio dos pequeñas palmadas en la cabeza al muchacho.

—Nos vemos, pues, Antonio. A ver si llegás a la casa en la noche. Cociné un cusuco. Ha quedado bueno el guiso. ¿Has comido?

—No lo he probado nunca.

—A Maca le gusta —dijo el hombre, mientras dejaba atrás al chico.

Antonio escuchó los pasos del hombre que se dirigían hacia la salida de la iglesia. Unos minutos después, se levantó e hizo lo mismo. Antes de salir, bajo el marco de la enorme puerta de entrada, inclinó la cabeza, cerró los ojos y murmuró:

—Estamos en paz, así que deberías descansar en paz.

Luego de eso, salió al sol del mediodía.

33

Antonio alcanzó el Bulevar de los Héroes y siguió avanzando hacia un centro comercial conocido como Metrocentro, donde Lucy solía pasar muchas horas de ocio. Quedaba a unas pocas cuadras de la Universidad, o a cinco minutos en autobús, por eso era ideal para ella, si le sobraba algo de tiempo. Antonio solía acompañarla. Si tenían dinero, podían comprar por tres dólares y medio un almuerzo de hamburguesas y papas fritas, y permanecer en las mesas del *food court* hasta que se aburrieran o tuvieran que volver a la Universidad.

Antonio avanzó por el bulevar tratando de decidir si escribir un mensaje a Lucy. Si dudaba era porque ella no había respondido los últimos dos mensajes, y no quería insistir. Se sentía molesto, decepcionado. Revisó si estaba conectada y comprobó que sí. Otra vez, no sabía qué hacer.

Atravesó la cuadra junto al Hospital de Niños Bloom y observó, al otro lado de la calle, en un lugar donde lavaban automóviles, que los encargados estaban trabajando en dos camionetas Porsche y un deportivo Maserati, y se preguntó qué hacían en aquel establecimiento de mala muerte unos coches como aquellos. Algunos curiosos observaban los autos como si se tratara de una exposición. Unos pasos adelante, se topó con una fiesta de cumpleaños que se celebraba en un local de hamburguesas. No hubiera tenido nada de extraño, salvo por el hecho de que, en la puerta del local, un hombre le echaba en cara a otro con traje de payaso que se presentara a la fiesta en tales condiciones. El payaso, que tenía la peluca en una mano, parecía alcoholizado y no decía palabra alguna. *Sos un hijoputa,* repetía el otro. *¿No ves que son niños?* Antonio los dejó atrás. En una esquina, observó a dos chicos haciendo malabares con unas pelotas de trapo bajo el semáforo en rojo. Conocía a uno de ellos, de su primer año en la Universidad. No quiso saludarlo. No tenía ganas de saludar a nadie. Al llegar a Metrocentro, paseó por los pasillos, atento a lo que veía. Asomó la cabeza a un lugar de tatuajes, y luego entró en el *food court* y se sentó en una mesa desde donde podía vigilar quién entraba o salía. Se conectó a la red del lugar. Puso sobre la mesa el celular y dejó su mano sobre el aparato. Luego de unos veinte minutos, se sintió ansioso, se imaginó que Lucy caminaba no muy lejos de allí, incluso podía pasear por los pasillos, viendo escaparates como solía hacer. Antonio volvió a andar por el centro comercial. Lo recorrió entero dos veces, hasta que se cansó y se dijo a sí mismo lo absurdo que era aquel paseo. Entonces se dirigió hasta la plaza situada frente a la entrada de un pequeño teatro, junto a la parada de autobuses. Observó quién subía y quién bajaba. La red de alumbrado público se encendió y Antonio se sorprendió del tiempo transcurrido. Pensó que habría sido más simple asistir al ensayo de las tres de la tarde. Decidió que todo estaba mal. Que nada podía ser bueno aquel día. Comprobó que eran casi las seis. Dos mujeres junto a él hablaban de un hombre asesinado en el centro de la ciudad por un disparo. Parecían alteradas. Una dijo a la otra que era el tercer asesinato en las últimas dos semanas, siempre a la misma hora y de la misma manera: un disparo de fusil. Y que se sospechaba que un francotirador estaba asesinando gente en la ciudad. Poco después, Antonio subió a un autobús. Los asientos y el pasillo estaban repletos, supuso que tendría que hacer de pie todo el trayecto. Si tenía suerte, serían poco más de treinta minutos. Si quedaban atrapados en un atasco, podía tardar el doble. Se quedó en la parte delantera del autobús y trató de no pensar en nada. A trechos, cerraba los ojos. El autobús se llenaba cada vez más, lo que significaba que debía tener cuidado con sus bolsillos. Permanecer sin alterarse se volvió cada vez más difícil. El espacio entre un pasajero y otro era inexistente. La gente se empujaba para avanzar. Antonio trató de pensar en cosas sin importancia. En jugadas imposibles de fútbol, donde él era el protagonista. Anotaba un gol cuando la chica lo abrazó. Supo que era una chica porque sintió la delgadez de los brazos y miró las manos con el rabillo del ojo. Fue algo tan rápido que solo se dejó llevar.

—Antonio —dijo la chica, justo en el momento en que el autobús aceleraba, así que no pudo reconocer la voz, que se apagó en el ruido de fondo del motor.

Antonio giró la cabeza y se encontró con los labios de la chica. Sus labios, su respiración, su cabello que caía en un flequillo. La chica lo besó en la mejilla; más bien, dejó sus labios de manera torpe sobre su mejilla izquierda. Antonio sintió su leve rastro de humedad. La chica susurró su nombre, *Antonio*, y lo rodeó con el brazo hasta alcanzarle la mano, que, para sostenerse, tomaba una vara de metal del techo del autobús.

—¿De dónde venís, Antonio? —preguntó la chica, aún en susurros.

—Metrocentro —respondió el muchacho.

—¿Acaso andabas zorreando, Antonio? ¿Estuviste de cacería?

—¿Qué te pasa, Nana?

—Yo no te culpo, yo lo haría si estuviera triste.

—¿Te enteraste que mataron a un hombre en el centro?

—Deberías olvidarte de todo, es lo que sé. Si no fueras un tonto, podríamos bajarnos y empezar a caminar, a ver a dónde llegamos.

—¿A caminar como los de las caravanas?

—Los de las caravanas van a Estados Unidos, esos sí tienen rumbo. Pero es inútil caminar al norte, mejor al sur. ¿No preferirías ir al sur?

—¿Caminando?

—Caminando, como los hombres de antes. Yo viví en 1900, Antonio, así que sé de eso. No fui una niña, estoy segura de que fui un viejo cabrón con dinero que tuvo veinte hijos. Se necesitaba valor para tener veinte hijos.

—Si pudiera, lo haría —dijo Antonio, mientras se preguntaba por qué no sería capaz de algo así. Capaz de dejarlo todo atrás. Volverse otra persona.

—¿Y qué te detiene?

—No sé, Nana. Supongo que nada.

—¿Entonces?

—¿Entonces qué, Nana?

—Te gusta decirme Nana, yo sé. Se te nota. Saboreas la palabra como un dulce —aseguró la chica, y sonrió.

—¿Nana? —dijo Antonio, y supo que la chica tenía razón, pero no quería decírselo.

—¿Antonio?

—Si pudiera, lo haría. Tal vez un día tenga el valor.

—¿Sabés que en los años cuarenta y cincuenta la gente se iba al mar siguiendo el río? Podríamos hacer eso.

—Podríamos, Nana, podríamos —dijo Antonio, y miró hacia afuera, hacia la calle llena de gente que rodeaba a una mujer que vendía pan francés en un canasto. Revisó con la vista los rostros que pudo, buscando a Lucy.

—¿Vamos a la puerta? —preguntó Nana. Antonio asintió.

Avanzaron abriéndose un hueco entre los pasajeros. No fue fácil llegar a la puerta trasera. Cuando el bus se detuvo, bajaron. Caminaron sin hablar. Cuando llegaron a casa de Nana, Antonio se acercó y abrazó a la chica. No fue un abrazo de despedida que se dan unos vecinos, fue un abrazo de uno que está exhausto y se deja caer sobre el otro, más para buscar un consuelo que una despedida efímera.

—¿Vas a estar bien, Antonio? —preguntó Nana.

—Estoy bien, Nana —mintió el chico—. Estoy bien, mejor que nunca.

34

Tendido en su cama, Antonio se preguntó a quién le importaría más si muriera, o si sufriera un accidente, o si alguien le disparara. ¿Qué haría Lucy si le avisaran que estaba en el hospital? ¿Llegaría a verlo? ¿Se marcharía igual con su madre? No era la primera vez que se preguntaba esta clase de cosas. ¿Quién llegaría a su sepelio? ¿Quién lloraría, además de su madre y su hermana? Recordó que el señor Franco decía que la muerte tenía un olor, y que la ciudad estaba inundada de aquella inmundicia, pero como siempre estaba allí, nadie parecía darse cuenta. Lo asoció con lo que le dijo Tomás esa mañana. Al abrir la puerta de la cisterna percibió aquel olor asqueroso, pero Tomás ya no se daba cuenta.

—¿O creés que las mujeres que hacen tortillas sienten el humo? —le preguntó el señor Franco en una ocasión—. No sienten nada. Ni el humo ni el calor. Agarran las tortillas calientes y no les queman las manos. ¿Por qué? Porque toda la vida han pasado en lo mismo. Lo mismo te pasa a vos. Las calles huelen a muerte, pero es lo único que conocés, así que no lo notás. Es como el agua. En un país normal, el agua siempre cae cuando abrís un grifo, pero a vos te parece normal lo contrario, te parece normal que nunca salga agua del grifo, o que solo salga en la madrugada, cuando hay suerte. ¿Ves? Lo normal aquí es que el aire huela a muerto. Pero en este país ¿a qué más va a oler, digo yo?

Antonio encendió la luz. Tomó un libro. Lo dejó. Tomó su teléfono, comprobó que no tenía mensajes y lo conectó para que se cargara. Se enfundó un suéter, se puso calcetines en las manos y poco después salió al patio. Desde temprano quería subir al tejado, y fue lo que hizo.

Al llegar encontró a Nana sentada sobre el tejado de su propia casa.
—Llevan diez minutos así —dijo la chica. Se refería a una pareja de vecinos que discutían. El hombre parecía alcoholizado y la mujer no dejaba de gritarle. El hombre también gritaba, pero mucho menos.
—Es lo de siempre —dijo Antonio.
—O peor —precisó Nana—. Cuando ella le preguntó que quién era esa tal Iris que le enviaba mensajes, al imbécil no se le ocurrió otra cosa que decirle que era una que no le gritaba, y así empezó la fiesta. Además de descarado, es un imbécil el hijoputa ese.

En el predio baldío al final del pasaje, un perro ladraba y dos hombres se reían a carcajadas. Parecía que estaban divirtiéndose con el perro. La noche era ventosa y olía a jazmines. Antonio y Nana escuchaban los ladridos, las risotadas de los hombres y, más cerca, los gritos de la pareja al otro lado del muro. El chico se acomodó sobre el techo de duralita y Nana se acercó a él e hizo lo mismo. La chica llevaba una frazada de lana, que se echó encima.
—¿Sabés qué día es hoy, Antonio?
—¿Tu cumpleaños?
—Hace dos años mataron a mi hermano. Ese día es, cabrón.
—No sabía, Nana. Lo siento. Apenas sé la fecha de cuando se murió mi papá.
—No tenías por qué saberlo, nadie lo sabe ya, solo yo.
—¿Estás bien, Nana? —preguntó Antonio.
—Estoy bien —respondió Nana—. No estoy fingiendo que estoy bien, estoy bien de verdad. En el bus estaba bien. Me siento en paz.
—En el bus te veías bien, sí.

—Cuando me lo mataron, me sentí triste —comentó la chica—. Me sentí una mierda, pero luego me sentí aliviada, aliviada de que todo acabara de una vez, y no tengo culpa por sentirme así. ¿Querés uno de estos? A mí me han ayudado.

Nana mostró un cigarro a Antonio. Este lo tomó y lo olisqueó.

—Huele bien —dijo el chico.

Nana tomó el cigarro y lo encendió y dio una chupada. A lo lejos, sonaron unos disparos.

—Yo sabía que eso iba a acabar así —dijo Nana—. ¿Cómo no iba a saberlo? Una y otra vez se metía en líos, siempre era igual. ¿Sabés que los testigos de Jehová no llegaban a mi casa porque mi hermano les dejaba caer ladrillos desde el techo?

—¿Sí? —preguntó Antonio, sorprendido, y no pudo evitar sonreír mientras imaginaba la escena.

—Mandó a dos o tres al hospital el hijo de puta, y eso cuando era niño —exclamó Nana y se echó a reír y Antonio también lo hizo y pronto ambos reían de buena gana.

—Qué cabrón era —dijo Antonio.

—Pues nos libró de los testigos el muy hijo de puta. Creo que fue lo único bueno que hizo en la vida, porque después ya nunca se acercaban a la casa.

—Pues, si lo ves de esa manera, fue una buena acción.

—¿Te imaginás que te caiga un ladrillo en la cabeza? Pudo matar a cualquiera, suerte que no.

—Pues sí, pudo pasar —concedió Antonio.

—Era un cabrón mi hermano, pero era mi hermano —susurró Nana—. Eso de los testigos de Jehová es un chiste en comparación de todo lo demás que hizo, pero de eso no quisiera hablar. Yo sabía, Antonio, sabía algunas pocas cosas, pero hay otras que no quisiera saber nunca.

—No es necesario saber más —repuso Antonio.

—Era mi hermano —concluyó Nana, y luego calló.

Antonio comprendió que la chica lloraba en silencio, así que le puso la mano sobre el hombro izquierdo. Ella dio una chupada a su cigarro. Sonaron más disparos. La pareja dejó de gritarse. Los hombres que jugaban con el perro vociferaban y parecían inmersos en una pelea. El perro chilló y uno de los hombres se puso a dar de gritos y pronto ya no se entendía quién gritaba y quién no.

—No había nada que hacer —siguió Nana.

—Ya lo sé —dijo Antonio.

—No tenemos oportunidad en este mundo mierda —dijo Nana—. Así que da igual lo que uno haga, siempre es igual.

—Yo sé —respondió Antonio—. Yo sé.

—Antonio...

—Nana...

—No bajemos nunca.

—Eso no se puede hacer.

—¿Quién dice que no se puede? Ya te dije lo de caminar, no quisiste, ahora no querés quedarte aquí. Podemos quedarnos toda la noche. No pasa nada.

—¿Qué querés que te diga? Hace mucho frío. Además, están disparando. Quién sabe qué está pasando, Nana.

—Pasa lo de siempre. Matan a alguien todos los días. Así que es como si no pasara nada.

—Si los disparos se acercan, bajamos de inmediato.

—No se van a acercar.

—Eso no puede saberse, Nana.

—Yo lo sé. Hay una cosa que tenemos las brujas, sabemos lo que va a pasar y lo que no. Sé que pensás que soy una niña idiota, pero no te confíes.

—No pienso eso, Nana —musitó Antonio—. La verdad es que me caes bien. Me hacés bien.

—Y vos también a mí —dijo la chica.

Estaban muy cerca, tendidos uno junto al otro, y podían sentir la tibieza magnética de sus cuerpos como los exploradores sienten el calor nuevo de una fogata.

—A veces quisiera que me llevaran los extraterrestres —afirmó Nana, y Antonio sonrió—. No seas cabrón, no te rías. Lo dije en serio. A veces, antes de dormir, tengo los pensamientos más raros. Te lo juro. ¿Te dije que rezaba?
—No, no me dijiste.
—Pero pido por lo que nadie pide —explicó Nana—. A veces pido por que venga una pandemia, o por que nos caiga un cometa indetectable, o para que finalmente explote una guerra atómica. Es decepcionante ver cómo nunca pasa nada. Es como esas putas películas donde siempre todo se salva en el último momento. Debería suceder algo grave alguna vez, que la bomba nos destroce. ¿No sería mejor? Al menos sería original.
—Sí, supongo que sí —concedió el chico.
—Sí, es lo que digo, y lo he hecho todos los días, menos la otra vez, cuando nos vimos aquí. Y ahora tampoco. Ahora seguro que no voy a tener ganas de rezar por eso.
—Sos una chica buena, Nana —musitó Antonio.
—¿Y qué pensabas antes de mí? ¿Pensabas que era mala?
—No pensaba nada.
—¿Me tenías miedo?
—¿Por qué iba a tenerte miedo?
—Es lo que digo, ¿por qué? —replicó Nana.
De pronto, escucharon el ruido de unos que corrían abajo. Voces. Gritos que se alejaban y se acercaban. Un viento frío vino de alguna parte. Antonio se abrazó a sí mismo, colocando sus brazos a la altura del pecho.
—Voy a estar solo un rato más —dijo—. Luego bajemos, no vayamos a enfermarnos.
—Bueno, Antonio. Pero ¿podemos solo quedarnos aquí, un momento, sin decir nada?
—Sí podemos.
Y ambos permanecieron en silencio, mientras el pequeño mundo que los rodeaba se encendía. Los vecinos empezaron a pelear otra vez. Los hombres del perro

también peleaban. La lejanía estaba llena de sirenas y disparos. El caos reinaba alrededor, proclamaba su hora de oscuridad, pero Antonio y Nana, más arriba de todo, permanecieron en silencio, como si nada más importara. El viento frío rozaba sus cuerpos adolescentes. La luna llena flotaba en el oriente como un molusco muerto.

# Tercera parte

35

El frío despertó a las reclusas. Poco antes de las cuatro de la madrugada, las mujeres buscaron algo con que protegerse, sábanas o ropa. Ni siquiera en enero, cuando se producían las temperaturas más gélidas del año, se alcanzaban los cinco grados Celsius, como entonces. Se pusieron medias bajo los pantalones, o blusas extra, algunas se enrollaron camisas en la cabeza o alrededor de la garganta, y usaron calcetines como guantes. Muchas de ellas se acercaron entre sí, y se quedaron tendidas muy juntas.

—Este es el castigo del Señor por nuestros pecados —anunció una mujer a quien llamaban Pringa—. Que el Señor nos perdone y nos deje morir en paz.

Sonia se hallaba cerca de Pringa y la escuchó pronunciar aquella frase, que no era distinta a otras muchas que solía decir, siempre pidiendo por el perdón y por la muerte. Pringa había recibido una condena de cinco años por extorsión. Llevaba tres adentro, los cuales aprovechó para unirse a un grupo de reclusas religiosas que organizaban círculos de estudio de la Biblia, además de celebraciones tres días por semana.

—Ya cállese, señora —pidió Ingrid a Pringa, pero la otra no hizo caso y siguió con su discurso; incluso alzó un poco la voz.

—Que el Señor nos perdone. Que el Señor venga y derrame el fuego de su justicia y caliente nuestros cuerpos en esta hora de vicisitud. Que el Señor nos toque con su espíritu de fuego y nos aleje de esta sombra. Que el Señor...

Ingrid se frotó los ojos con ambas manos. Bostezó. Negó con la cabeza. Volvió a bostezar y luego se arrastró para quedar junto a Sonia.

—Qué jode esta mujer —musitó Ingrid, mientras le ofrecía a Sonia una blusa.

—No tengo frío.

—Alrededor de la cabeza como un gorro, te va a venir bien.

Sonia tomó la blusa e hizo lo que Ingrid decía.

—Que se calle esa pendeja —gritó alguien—. Queremos dormir.

—Ya callate, pendeja —vociferó alguien más.

Pringa bajó la voz y susurró para sí. Ingrid y Sonia escuchaban su susurro enloquecido, acompasado. Sonia acabó de enrollarse la cabeza con la blusa y se tendió junto a Ingrid. Se echaron encima una sábana y luego un edredón, se dieron la vuelta y quedaron espalda con espalda. Ambas usaban toallas a manera de almohada. Y pronto se sintieron cómodas, calientes y listas para dormir un poco más.

—Ingrid, ¿estás bien?

—Así estoy perfecta, Soni —dijo Ingrid, y volvió a bostezar.

Pocos minutos después, un olor nauseabundo se expandió a través de la débil brisa que atravesaba la oscuridad. Las reclusas volvieron a vociferar, alarmadas por la hedentina. Como el olor cada vez se hacía más fuerte, tuvieron que levantarse y revisar, y pronto se armó una discusión sobre cuál era el origen del mismo. Algunas decían que parecía el sedimento que se forma bajo las alcantarillas, aunque las palabras que usaron para definirlo fueron *lodo* y *mierda, mierda de alcantarilla*. Otras dijeron que provenía de algo descompuesto, algo animal, quizá una rata o una zarigüeya o un gato. Como no fueron capaces de encontrar nada y el olor no se disipó, ni siquiera cuando cesó la brisa, no pudieron hacer otra cosa que intentar dormir bocabajo, o cubierta la cara por completo, lo que sirvió de poco. A las seis, cuando llegaron las custodias para llevarlas al baño, estaban desesperadas.

—Este olor nauseabundo es el tufo del infierno —anunció Pringa—. Que Dios y nuestro señor Jesucristo nos perdonen. Que el Señor todopoderoso nos libre de este nuevo mal, mientras esperamos el descanso de la muerte.

El discurso siguió mientras se duchaban, ninguna reclusa quiso refutarlo. A esa hora, los discursos apocalípticos de Pringa eran el menor de sus problemas.

36

Antonio temblaba cuando despertó. Entre un montón de ropa amontonada en el suelo buscó un suéter y unos calcetines que se enfundó con dificultad. Luego, se echó encima una sábana. Cuando entró en calor, miró la hora en el teléfono, faltaban unos minutos para las seis. Más que una habitación, la suya era un cubículo. Tenía dos metros de ancho y tres de largo. Una serie de estantes con libros estaban clavados a una pared lateral. La ropa se apilaba en tres cajas de cartón: una para camisas, otra para pantalones y una tercera para ropa interior. Una fotografía de su padre estaba pegada sobre la cabecera de la cama.

Antonio escuchó las voces de su hermana y su abuela. Hablaban en susurros. Protegido por la sábana, se levantó y abandonó la habitación. Las encontró en la cocina. Cuando miró a su nieto, la abuela se persignó, empezó a rezar y salió de la cocina. El chico no dijo nada. Un aroma tibio de café flotaba en el lugar.

—Está listo —dijo Julia, la hermana.

Antonio tomó una taza y se acercó a la estufa. Se sirvió café. Dio un sorbo al líquido amargo y caliente. Julia hizo lo mismo. Ambos se quedaron de pie, a un lado de la estufa.

—Antonio, ¿sabés lo de Sonia?

—¿Qué pasó? —preguntó el chico, y sintió que la respuesta de su hermana no llegaba nunca. Por el tono de Julia, sabía que no era nada bueno.

—No apelarán. La abogada dijo que no servía de nada.

—Una mierda —exclamó Antonio—. Pobre Tomás…

—¿Pobre Tomás? Pobrecita ella, que va a pasar treinta años encerrada sin haber hecho nada. Son unos hijos de puta.
—Como les gusta andar de fiesta... —sentenció la abuela desde su habitación.
—¿Cómo dice semejante cosa? —gritó Julia—. En serio, ¿cómo se atreve a decir eso? Mejor cállese la boca. Pasa todo el día rezando y tiene el alma podrida.
—Ya no le digás nada, no vale la pena.
—Solo tonterías sabe hablar. ¿Qué, no entiende? —siguió Julia, indignada. Quería llorar. Cuando se enteró, la tarde anterior, lloró con amargura por su amiga. Se sentía molesta, frustrada, impotente.
—No creo que no entienda.
—Por jodernos es que dice todas esas cosas —agregó Julia—. Es insoportable.
—Entonces, ¿no se puede hacer nada?
—No creo. Y no tienen dinero para un abogado.
—¿Y los hermanos en Estados Unidos?
—Los hermanos no quieren saber nada, al parecer.
—Suele pasar —dijo Antonio, que pensaba en el hermano de Tomás.
—Antonio, ¿Tomás le puede siquiera escribir una carta a la Sonia? ¿Al menos una carta? Si no quiere ir a verla, está bien, pero una miserable carta sí que puede hacerla.
—¿No entendés que no sé dónde está? Anda huyendo.
—Si lo ves, tenés que decirle. Pobrecita la Sonia, Antonio. Y nada le cuesta a Tomás escribirle una carta. Sé que a ella le daría consuelo.
Antonio apuró la taza de café. Un hilo de líquido negro, caliente aún, bajó por la comisura de sus labios, y el chico se limpió la boca con la mano. Sentía la cabeza caliente y no sabía quién le apenaba más, si Sonia, en la cárcel, o su amigo en la oscuridad, temeroso de las ratas, como un vivo encerrado en su propia tumba y sin oportunidad de volver a la antigua vida, derrotado por una tristeza tan enorme y

tan fría que lo había vuelto un ser silencioso, alguien más parecido a un anciano que a un muchacho de veinte, una silueta que hablaba en voz baja y cuya risa había sido borrada como una fogata bajo una tormenta de nieve.

37

El olor del café flotaba en todo el salón comedor como una especie de niebla amarga que humedecía las mesas sin que nadie fuera capaz de notarlo. Aquella mañana, al final del desayuno, Ingrid se entretuvo un rato más de lo habitual. Esperaba noticias. Sabía que algo estaba ocurriendo y eso la tenía intranquila. Pidió una taza de café, que bebió sin azúcar. Se sentó en una mesa junto a la ventana. El cielo era azul, carente de nubes. Poco después, llegó una mujer, que era a quien Ingrid esperaba.

La mujer saludó y se sentó a un lado de Ingrid.

—¿Qué pasa? —preguntó esta.

—Dicen que encontraron el cadáver de un niño en un contenedor de basura —respondió la mujer, bajando la voz.

—¿No será otra de sus patrañas de mierda? —Ingrid sabía que, en ocasiones, las custodias inventaban esa clase de cosas con alguna intención oculta. Lo había vivido más de una vez. Aunque también se había enfrentado a situaciones reales que provocaban peleas multitudinarias.

—Te digo lo que me dijeron. Pero se nota que están preocupadas. Han llamado a gente de fuera para que les ayuden a controlar la situación, en eso estaban.

—Ya, bueno. Y lo del bebé que dicen, ¿era un aborto o qué?

—No, nada de eso. Era un bebé como de un año.

—¿Y se sabe de quién es?

—No, todavía no se sabe nada.

—Pero ¿era de aquí o alguien lo trajo o qué? Contá bien.

—Creen que lo trajeron, pero las custodias están preocupadas, tienen miedo de que pueda pasar algo, que lo del niño sea un aviso, el comienzo de una cosa más grande. Todavía nadie está seguro de nada, pero ya ves cómo es, hay que estar alertas.

—Ya veo —repuso Ingrid, quien sabía que, si lo que la otra contaba era cierto, podría haber problemas. Ella no tenía nada que ver, pero si alguna de sus compañeras de celda sí, entonces lo más probable era que todas sufrieran por ello.

—Saben que hay dos bandos y puede haber una pelea. Les da miedo que pase algo como en Honduras.

—Pensar eso es exagerado —dijo Ingrid.

El incidente de Honduras era bien conocido. Una pelea entre presos se descontroló y provocó un incendio al interior de las instalaciones, lo que provocó docenas de muertos. Las imágenes de los reclusos calcinados se hicieron virales esos días.

—Si es como decís, sí que hay que estar alertas —musitó Ingrid, y miró hacia atrás, a un lado y a otro. No todas las mesas estaban ocupadas. Al fondo, observó un grupo de reclusas hablando en voz baja.

Todo el salón estaba rodeado de ventanas, la mayoría cerradas debido al frío. Las mesas eran de madera, pero no las sillas, que eran de plástico, como los platos y las tazas.

—Hay que estar pendientes, sobre todo en las horas de comida o en el patio. Si comienza una pelea hay que saber qué hacer. Si te dormís, vas a terminar en medio de la fiesta y te van a joder.

—Sí, lo sé —admitió Ingrid.

—Si pasa algo, lo primero es salirse de en medio. Y luego, todo va a depender de si es una simple pelea entre grupos o si lo que quieren es tomarse el penal. Si es entre grupos, nos vamos del lado de las custodias. Y nos quedamos por allí, donde nos vean. Si lo que van a intentar es tomarse el penal, pues volver a las celdas. Y que la Virgen nos ampare.

—Ojalá no pase nada, mujer. Tal vez no pasa nada.

—No sé yo si no va a pasar nada cuando se sepa quién es ese niño muerto.

—Una mierda —se quejó Ingrid—. Qué puta desgracia...

—Pues sí, pero es lo que hay —aseveró la otra.

38

Tomás tomó la lata de Pepsi y bebió como si hubiera estado a punto de morir de sed.

—Gracias, Antonio. Me hacía falta esta cosa. Soy un adicto.

—Ya lo sé.

Tomás siguió bebiendo hasta el final.

—Gracias —volvió a decir.

—Si no es nada.

Se quedaron un instante en silencio. Antonio estaba pendiente de lo que sucedía arriba. Tenía miedo de que los que buscaban a Tomás volvieran mientras él se encontraba abajo. La visita de los dos chicos y la chica el día anterior era un mal presagio. *No es prudente*, le advirtió la señora Sombra. Y Antonio sabía que tenía razón, por eso decidió bajar solo unos minutos.

—¿Puedo mostrarte algo nuevo de Putman? —preguntó Tomás.

—¿Es mucho? —preguntó Antonio.

—No tanto.

—La verdad es que no importa —dijo Antonio, que no quería desairar a su amigo, aunque temía que la lectura pudiera tardarse demasiado.

Tomás tomó una carpeta y sacó unas páginas manuscritas. Se acomodó con las piernas cruzadas mientras buscaba. Se hurgó en la nariz, inseguro.

—No he hecho los dibujos todavía, pero te voy a leer lo que tengo —dijo—. No todo, solo lo nuevo.

—Bueno —aceptó Antonio.

—*Un niño de once años...* —comenzó Tomás.

—¿Once años? De once ya no es un niño.
—Sí, puede ser. Pero luego lo cambio, le pongo siete, da igual.
—Sí, bueno, seguí. No te interrumpo más.
—*Un niño de once años y un solo ojo llamado Bruma caminó por horas hasta la linde del bosque. Sabía hacia dónde se dirigía y por qué. Tomó el camino de polvo y llegó hasta la verja de la casa. La abrió. Sonó un chirrido. Entonces observó aquella imagen sombría, pero antes sintió un olor extraño que le recordó a las manzanas podridas.*

¿Qué buscas aquí?, preguntó Putman. Su voz era como el susurro del viento.

Busco un vengador, dijo Bruma.

Aquí no hay vengadores, solo asesinos, dijo Putman. Si insistes en seguir, puedes encontrar una muerte espantosa.

El chico estaba convencido de su misión, así que no se detuvo. Avanzó entre la maleza, junto a los árboles sin hojas, grises o amarillos, y las ramas eran como dedos famélicos, semejantes a los dedos petrificados del ser que le hablaba.

Ya no me importa morir, dijo el chico. Todos han muerto. Mi madre y mi padre y mis hermanos, y los padres de mi madre y mi padre. Quedo yo y mi hermana, que es un año mayor que yo. La tienen ellos. La tienen y abusan de ella y la pervierten.

¿Quién eres que hablas como un anciano y no como un niño?

Soy un niño lleno de muerte. Mi voz es la muerte también. El dolor me llena. He envejecido hasta los años de mi vejez.

¿Quieres morir?

Quiero morir, sí, pero antes quiero salvarla a ella, y no puedo. No tengo la fuerza. Pero tengo el valor. Por eso he venido hasta aquí, hasta la propiedad del maldito; por eso he venido a invocar tu auxilio y tu piedad. Solo el fuego puede vencer al fuego. Solo la muerte puede hacer retroceder a la muerte. ¿Vas a ayudarme?

Y la voz que era como un susurro en la madrugada, dijo: Sí. Voy a ayudarte.

El ser delgado que era el señor Putman salió de la oscuridad, se presentó ante el chico y le dijo: Llévame. Muéstrame. Muéstrame el camino terrible y yo te mostraré el destino.

Entonces el chico avanzó y Putman, o algo parecido a un susurro y un ruido de pisadas, lo siguió. Frente a ellos, ya caía la noche.

Tomás dejó de leer, pero no levantó la vista.

—¿Ese Putman es un demonio? —preguntó Antonio.

—No tengo idea. Supongo que no; no lo veo como un demonio sino como un desgraciado. Está vivo, siente cosas.

—Los demonios están vivos. Aunque Putman parece más un muerto viviente.

—Bueno, pues será como nosotros, que somos muertos vivientes —dijo Tomás.

—Sí, supongo que puede ser —concedió Antonio.

39

La señora Marta, la abuela de Tomás, sirvió dos tazas de café, una para ella y otra para su amiga Sombra.

—El café nos va a calentar —afirmó Sombra.

—No podía dormir ayer —le confió Marta—. Me dolían las piernas. Me tomé una pastilla, pero no sirvió de nada.

Sombra se acercó a Marta y habló bajando la voz.

—¿Y Tomasito no habrá pasado frío?

—Tiene una colcha de lana, así que no creo. Pobrecito mi nieto. ¿Sabe qué creo, Sombra? Que no vamos a salir de esta. Ni él ni yo.

—¿Y su otro nieto no le ha dicho nada?

—Me dijo algo, pero nada bueno. Sigue con que apenas sobrevive, que trató de conseguir el dinero, pero que nadie le quiere prestar a uno que trabaja en un bar, que está viviendo con una su novia ecuatoriana, lo mismo que otras veces.

—Ya me lo imaginaba —dijo Sombra.

—Me dijo bien claro que no puede hacerse cargo de su hermano, que es imposible.

—¿Y usted le explicó lo que sucede, le dijo que lo andaban buscando? ¿Le explicó que se lo pueden matar, Dios no lo quiera?

—Más de una vez. Además, él sabe cómo es acá.

—Pero ¿le dijo que se lo podían matar?

—Sí, se lo dije.

La señora Marta se sentía desolada, sin fuerzas para seguir en aquella situación; ni siquiera lograba tener ánimo para ir a trabajar. No veía una solución posible. Tiempo atrás, le sugirieron ir a la oficina de derechos humanos de una universidad, o a la policía. Una compañera de trabajo le dijo que ella sabía de un policía que podía ayudarla, alguien que participaba con otros como él en acciones de limpieza. Lo dijo de esa manera, pero Marta sabía bien a qué se refería: a grupos de exterminio. Al principio fueron una especie de leyenda urbana, pero cada vez más ocurrían escenas en las que hombres armados, vestidos con pasamontañas, abatían a grupos de jóvenes sospechosos de delinquir. Nadie sabía quiénes eran o cuáles eran sus razones. No se investigaba. No se abrían causas penales por estas muertes. La señora Marta le dijo a su compañera que no quería eso, que no quería llevar sobre su conciencia algo así, que lo único que necesitaba era que alguien ayudara a su muchacho a salir del país. La otra le aseguró que, si los delincuentes iban tras él, Tomás no tendría escapatoria.

—Yo ya no sé qué hacer —exclamó la abuela Marta, angustiada—. Ya solo un milagro puede sacarnos de este problema.

Sombra la miró y no supo qué decir. Estiró el brazo y dejó caer la mano sobre el hombro de su amiga, quien miraba hacia la nada, perdida en su desolación. Dos gruesas lágrimas corrieron por los pómulos de Marta.

—Yo creo en milagros —dijo Sombra.

—¿Tus cartas no veían todo oscuro? Tus mismas cartas decían que ya no quedaba nada —repuso Marta.

—No lo decía por ustedes.

—A lo mejor, sí.

—Que no, mujer. Que no. Lo dije por el mundo en general. Mirá cómo está todo, yéndose a la mierda.

—Me siento tan cansada, Sombra. Tan cansada que quisiera poder quedarme acostada y no ir a trabajar. Mirá la edad que tengo. Solo de pensarlo me da una tristeza. A mi edad y estoy así.

—Tomate el cafecito, Marta. Y no te olvidés que aquí estoy y que podemos llorar juntas, como siempre.

La señora Marta extendió la mano y tomó la de su amiga y quiso decir gracias, pero no lo dijo, no alcanzó a decirlo. Supuso que no era necesario. Y no lo era.

40

Alba, la madre de Sonia, bebía café en un vaso de papel en la sala de espera cuando la chica entró y se sentó a la mesa junto a ella.

—Hoy estoy apurada —anunció la madre—. Es que me habló tu tía.

—Mire, mamá, mejor váyase —dijo la hija—. Se lo digo así, de frente y sin remordimientos: mejor váyase. De verdad, mamá, no es necesario que venga. Y tampoco es necesario que le hable llorando al Francisco, que es un imbécil que no sabe nada de mí…

—Pero ¿qué pasa? ¿Al Francisco, decís? ¿Y qué pasa con tu hermano?

—Pasa que ese no me conoce, mamá, eso pasa. Francisco nunca ha hecho nada por mí ni por usted, y me habló solo para joderme.

—¿Francisco?

—Sí, el Francisco, y tampoco se haga la que no sabe.

—No me hago nada. No he hablado con tu hermano en meses. Si solo con tu papá quieren hablar esos dos.

—¿Para qué me dice eso, mamá? Si ya sé lo que usted le cuenta a él.

—¿Y qué le digo, vos?

—Usted bien sabe. Pero da igual, mamá. Yo soy una maldita condenada aquí, mi vida se fue a la mierda y ni usted ni nadie pueden hacer nada, así que no sé para qué viene.

—De verdad, hija, yo no he hablado con Francisco.

—Lo que más me desespera, mamá, es que usted se haga la que no sabe nada.

—Pero, m'hija, si no le he dicho nada a tu hermano, ya te dije que ni hablo con él.
—Usted sabe que sí, mamá. Usted sabe que sí, así que mejor aquí lo dejamos. Si a mí me da igual. Vaya a ver a la tía mejor, a ver si se queja también con ella.
—Pero..., Sonia...
—Ya está, mamá, ya está.
Sonia se sintió observada por todas las visitas y reclusas alrededor. Un rayo de luz se reflejaba sobre la mesa y se esparcía cubriéndola como un mantel. Sonia miró el vaso de su madre, la mano de la mujer alrededor, en medio de la luz, sin moverse. Se levantó de la mesa y dejó a su madre atrás. La señora Alba no dijo más, no llamó a la hija, no le suplicó que se quedara. Sonia caminó hasta la entrada.
—Tengo que pasar —le dijo a una mujer que cuidaba la puerta.
—Es cosa tuya —le respondió, como si Sonia hubiera preguntado algo.
Cuando llegó al patio, Ingrid se sentó junto a ella, bostezó y luego apoyó la cabeza en su hombro. Las reclusas iban y venían por el lugar. Era cerca del mediodía. La luz daba en el centro del patio, dibujando una piscina luminosa. La brisa era fría, sin embargo. Un olor de ceniza se colaba a través de las ventanas que daban a la cocina.
—Sonita, tenemos que andar con cuidado —dijo Ingrid.
—¿Cuidado con qué?
—Me dijeron que el mal olor de hoy fue porque encontraron el cuerpo de un niño.
—¿Un niño muerto?
—Sí, muerto. Estaba al otro lado del muro, no en la calle, sino en la parte entre el muro de la calle y los cuartos de nosotras.
—Pero... ¿de quién era?
—No se sabe, pero las custodias creen que puede pasar algo, que el niño tiene que ver con una de nosotras y

que se puede armar una buena. Yo, gracias a la Virgen, no tengo ni hijos chiquitos ni peleas con nadie. ¿Vos no tenés sobrinos?

—No. No tengo.

—Hay que tener cuidado. En las comidas y ahora en el patio. ¿Me entendés?

—Sí.

—Si pasa algo, te quedás conmigo. Y nada de tonterías, nada de quedarse sola en el baño, ni en la celda. Tenés que quedarte conmigo, yo te voy a cuidar.

Sonia asintió. Parecía que no, pero las palabras de Ingrid la conmovieron. La frase *Yo te voy a cuidar* la destrozó por dentro. Cuando le contó a Tomás lo sucedido, el abuso, Tomás insistió en que le dijera quién o quiénes eran los culpables, pero ella temía que pudiera hacer algo, temía eso más que nada, pues sabía que él no tendría oportunidad, por eso se negaba a hablar. Si Tomás denunciaba aquel hecho o quería hacer justicia por su cuenta, lo más probable era que acabara asesinado. Ante la insistencia del chico, Sonia se aterrorizó y le suplicó que olvidaran el tema, le aseguró que era imposible que le dijera quiénes eran los culpables, que no quería que le pasara nada. *No quiero que te maten*, dijo ella. *Si ya estoy muerto*, le aseguró él. Cuando Tomás se despidió, le dijo que no volvería si ella no estaba dispuesta a decirle quiénes eran los culpables. Sonia se encerró en su habitación y no salió por días. Apenas ingería alimentos, salvo en la cena, cuando la madre la obligaba a comer con su papá. La noche que Tomás volvió, casi una semana más tarde, le dijo que no quería hablar de nada malo, que jugaran a las damas. Se sentaron en la cama e intentaron jugar un partido, sin conseguirlo, pues Sonia no lograba concentrarse. Olvidaron el juego y miraron en el teléfono un programa sobre ovnis. Al cabo de un rato, Tomás se acercó a ella y la besó en la frente. Permanecieron muy cerca, sin hablar, hasta que él dijo: *Yo te voy a cuidar, mi niña. No importa lo que pase, yo te voy a*

cuidar siempre. Entonces la abrazó muy fuerte, para luego agregar: *¿Me creés? Te creo,* dijo ella. *Te creo.*
—¿Me entendiste, mujer? —preguntó Ingrid.
Sonia asintió con un movimiento de cabeza.
—¿Estás bien? ¿Todo bien con tu mamá?
—Estoy bien —afirmó Sonia—. Todo bien con ella, sí, estoy bien.
—Así me gusta, mi niña. Así me gusta, fuerte como un puto trago de tequila del malo.

41

Un rostro se asomó por la ventana y saludó:
—Buenos días, madre.
La señora Marta dio un respingo y casi se echó encima el café.
—¿La asusté, madre? —preguntó la chica.
—A mí sí me asustaste, niña —dijo Sombra.
—Aquí la estamos visitando otra vez —agregó la chica.
La señora Marta no supo qué hacer. Sombra le dijo: *Vaya a abrir, Marta.* Y la otra reaccionó y le hizo caso. Acompañaban a la chica los mismos dos chicos del día anterior. Uno de ellos, alto, de brazos delgados, con granos en el rostro, piel pálida, era conocido como Fantasma. La chica, que usaba siempre pantalones ajustados, vestía toda de negro y la llamaban Bomba. Llevaba el cabello corto, los brazos tatuados con rostros cadavéricos, usaba botas y aros diminutos de metal en las orejas y la nariz. Tenía labios gruesos y no dejaba de reírse mientras hablaba.
Fue ella quien dijo:
—Madre, ¿tiene café?
—Café, sí, puedo traerles algo de café —contestó Marta.
—No, madre, no se preocupe; ya lo agarramos nosotros.
—Es que tengo que lavar las tazas —explicó Marta, nerviosa. Lo más probable era que hubieran visto entrar a Sombra y Antonio, y no tardarían en preguntar por el muchacho, que aún estaba abajo con Tomás.
El tercero de los chicos, Puskas, entró sin mediar palabra y los otros lo siguieron. La señora Marta, frente a la puerta, apenas consiguió hacerse a un lado.

—¿Qué pasa? —preguntó Sombra, alterada.

—Venimos a tomar café —dijo Bomba.

Sobre la mesa del comedor estaban esparcidas las cartas del tarot. Sombra no estaba leyendo en ese momento, pero fue lo único que se le ocurrió hacer cuando los vio llegar. Era su coartada, después de todo.

Fantasma penetró en la habitación de la señora Marta, y Puskas, en la que había sido de Tomás. En ese momento, entró Antonio. Cargaba una olla con agua. La señora Marta la tenía en el patio, junto a la pila.

—¿Dónde se la dejo? —dijo Antonio, con voz fuerte para que todos lo oyeran.

—Allí junto al fregadero. Gracias, hijo.

—Y este, ¿qué? —preguntó Bomba, que era la única que se servía café.

Antonio dejó la olla sobre el fregadero. Fantasma y Puskas salieron y se unieron a Bomba.

—Ya voy a lavar las tazas —dijo Marta.

—Y yo les serviré más café a estos muchachos —anunció Sombra, mientras se levantaba pesadamente de la mesa y caminaba a la cocina con una parsimonia propia de su edad.

Puskas y Fantasma se situaron detrás de Bomba. Puskas observó a Antonio fijamente. Luego de dejar la olla, Antonio retrocedió para sentarse a la mesa. Era una situación extraña, tensa, y no sabía qué hacer, qué esperar.

—¿Y vos no sabés nada del pendejito de tu amigo? —inquirió Bomba.

—Tenemos meses de no verlo —respondió Antonio.

—¿Meses? —repitió Bomba.

—No sé ya cuánto exactamente —agregó el chico.

—Y de la novia de tu amigo, ¿sabés algo? —preguntó Fantasma, con una risa fingida.

—Rica, esa puta —dijo Puskas, que no dejaba de ver a Antonio.

—Pues no, no sé nada de ella tampoco.

—El maricón del Tomás solo atacar por la espalda sabe —dijo Puskas.

La señora Marta se acercó a Antonio y se puso detrás de él. El muchacho escuchó la respiración de la abuela de su amigo. No era ningún respaldo. Tenía la sensación de que la mujer estaba a punto de explotar, una explosión que arrasaría con todo en kilómetros a la redonda.

—Es mariconada eso de atacar con piedras —soltó Fantasma—. Mariconada de maricones de mierda. Y aquí no soportamos a cabrones así.

—Yo no puedo decirte nada —repuso Antonio.

—Si ves a la puta esa en la cárcel —dijo Puskas—, decile que la voy a llegar a ver. ¿Qué día es que dejan ir a los maridos?

—Yo no veo nunca a Sonia —aclaró Antonio—. Ya no veo a nadie, solo al Maca y al señor Franco, a esos sí los veo.

—¡Ay, cabrón! —exclamó Bomba, y soltó una carcajada fingida—. Ahora nos vas a hablar de tu marido Maca y de tu otro marido, Franco.

—A mí Franco me vale verga —dijo Puskas.

—Bien por vos —comentó Antonio.

—Antonio, ¿usted no se tenía que ir? —intervino Sombra.

—Váyase ya —le suplicó Marta—. Gracias por todo, Antonio. Su abuela lo está esperando.

Puskas no dejaba de ver a Antonio, quien observaba la superficie de la mesa. Antonio no podía retar a alguien como Puskas. Incluso con la protección de Maca y el señor Franco, no era buena idea enfrentársele en aquel momento.

—Vaya, pues, señorita —dijo Fantasma—. Vaya a hacerle los mandados a su abuelita.

—Si te vas, hacelo ya —ordenó Puskas—. Pero ya, porque no te quiero seguir viendo la cara de marica de mierda que tenés.

—¡A la mierda, pues! —gritó Fantasma.

—Antonio —dijo Sombra, y lo sujetó del brazo, lo empujó en dirección a la puerta y le susurró al oído—: No sea tonto, ya váyase.

Antonio arrastró los pies hasta la puerta, que estaba abierta, y salió. La señora Sombra cerró de inmediato.

—¡Pendejo! —gritó Puskas.

Antonio lo escuchó, se mordió el labio, pensó en volver, lo sopesó por un instante, pero dejó que su pensamiento se disipara. No podía hacer nada. Sabía que, si había una pelea, no tendría oportunidad.

42

Franco leyó en las noticias sobre la muerte de un hombre en el centro de la ciudad. La nota mencionaba que la víctima, pastor de una iglesia, recibió un disparo en la frente cuando salía de una cafetería. Los testigos dijeron que lo vieron desplomarse, sin escuchar el disparo. Franco tuvo de inmediato la seguridad de que era el trabajo de un francotirador. Aunque la nota de prensa no hacía uso de aquel término, él no tenía dudas. Se ufanaba diciendo que él sabía de la muerte más que nadie en aquella ciudad. Y tenía motivos para ello.

Al primero que Franco odió fue al coyote que los llevaba a su madre y a él a través de México hacia los Estados Unidos. Cuando nada existía, cuando ni el odio ni la sombra existían y el frío no era más que una extraña idea venida al final de la noche, había un chico, un muchacho de doce años. El coyote era un hombre al que todos llamaban Rojo. Medía casi dos metros de altura; calvo prematuro, tenía la cabeza redonda, roja; era fornido y llevaba una pistola en la cintura; hacía ruido al comer, y, aunque se acostaba cada noche con su madre, al muchacho no le dirigía nunca la palabra, ni siquiera lo miraba. Una mañana, mientras viajaban con un grupo de seis mujeres hondureñas en el compartimiento lateral de un camión de carga, Franco le dijo a su madre que pensaba que ella engañaba a su padre con el Rojo, y su madre no hizo más que negarlo a grandes gritos, ante la mirada atónita de las hondureñas. A pesar de su edad, Franco sabía lo que debía hacer. Lo pensó por semanas, las que duró el viaje, pues había decidido esperar hasta el último instante.

Cuando llegó el momento, se encontraban en el desierto, en un lugar indeterminado. Habían atravesado un túnel, seis horas bajo tierra, en la oscuridad, como las ratas. Rojo caminó con ellos y muchas veces le recomendó a la madre de Franco que se quedara en California, que conocía gente que podía contratarla, que lo de ir a Nueva York no era buena idea, porque tendría que atravesar el país entero y hacía demasiado frío en el norte, y las calles neoyorquinas se mantenían atestadas de afroamericanos que traficaban con drogas, puertorriqueños que se dedicaban a robar y judíos que explotaban a sus empleados. Le aseguró que, en el norte, los únicos trabajos para los latinos consistían en limpiar baños o barrer las estaciones del metro, repletas de ratas, y que en Los Ángeles podían emplearla en el restaurante de un amigo. Fuera cierto o no, para el final del trayecto en el túnel, la madre le dijo a Franco que lo mejor para su artritis era no ir al norte, donde hacía frío, que se quedarían en California. El chico le dijo que él no quería quedarse en California, que su padre había dicho que se reunirían en Nueva York cuando él pudiera hacer el viaje. La madre le aseguró que su papá no tenía intenciones de viajar, que sabía que tenía, al menos, otra mujer, otros dos hijos, y que no creía que volvieran a verse. El chico no dijo más. Se sintió confundido. Ya no sabía si su madre le decía eso para engañarlo, para que no dijera nada por su relación con Rojo, o porque era cierto. En los últimos meses, sus padres habían discutido más que nunca, pero casi siempre se debía a que el padre llegaba alcoholizado, tarde en la noche, y en muchas ocasiones podía gastarse medio pago en un fin de semana con los amigos. Alguna vez había salido de trabajar el viernes y regresado el domingo por la tarde, apestoso a alcohol, casi sin dinero, con la piel tostada por el sol de la playa, y era entonces cuando las discusiones duraban el resto del día, hasta que la madre se cansaba y se iba a la cama entre sollozos y amenazaba con marcharse al norte, como había hecho antes su amiga Juana, a quien conocía desde que eran niñas. A veces, los padres se encerraban en la habitación y hablaban en voz baja, y Franco no podía escuchar lo que se decían. Así que, mientras caminaba por el túnel, pensaba que debía haber sido más cuidadoso entonces, porque quizá era en esos momentos cuando hablaban de lo verdaderamente importante. Y ya no podía saberlo. Ya no podía tener constancia de nada, salvo de que, en el último momento, antes de subir al autobús que los llevaría a la frontera con Guatemala, su padre los había abrazado a ambos y les había prometido que, en seis meses, máximo un año, haría el mismo camino y se verían en Nueva York, que su vida cambiaría y que, finalmente, dejaría la bebida y tendrían una buena vida. *Te lo prometo*, dijo a su esposa, y la besó como Franco nunca había visto antes. Ambos lloraron, y lo último que su madre dijo a su padre fue que lo esperaría donde estuviera. Eso lo sabía, era lo único, así que decidió que el Rojo había engañado a su madre y ella se había dejado engañar.

—¿Puedo ver la pistola? —preguntó Franco a Rojo, que no respondió, por lo que el niño insistió—. Mi tío me llevaba al campo de tiro del cuartel y disparábamos con su fusil.

—¿De qué cuartel?

—El que le dicen El Zapote. Y yo tenía puntería.

—Qué vas a tener puntería vos, si ni has de poder cargar el fusil —dijo Rojo.

—¿Puedo ver la pistola? —insistió el niño.

Al salir del túnel, caminaron por casi dos horas. Mientras descansaban en una gasolinera, esperando a la madre que estaba en el baño, Rojo entregó la pistola al niño. Este dio un paso atrás y apuntó al hombre.

—No me apuntés a mí, pendejo.

—No pesa mucho —dijo Franco, mientras se alejaba dos pasos más.

—Dame la pistola —pidió Rojo.

—Es fácil —siguió Franco.

—Dame la pistola, que no se juega con eso —le pidió Rojo.

El chico aspiró, sacó el aire y apretó el gatillo.

Así asesinó al primero, bajo el sol del desierto, en una gasolinera. Muchos años habían pasado desde entonces. Pese a ello, pensaba que seguía siendo el mismo niño en el desierto, que nada había cambiado.

El señor Franco escupió y dejó el periódico a un lado. *¡Maca!*, llamó al chico. *¿Vas a desayunar o qué?*, preguntó. No hubo respuesta.

43

A la hora del almuerzo, Sonia se sentó junto a Ingrid. Sirvieron sopa de pollo, que Sonia apenas probó. Bebió algo de limonada, nada más.

—He tenido náuseas —explicó Sonia, cuando Ingrid le preguntó.

—¿Querés que te pida algo en la enfermería?

—No, ya me va a pasar. Solo estoy desganada.

Ingrid se acercó lo suficiente a Sonia como para que nadie escuchara lo que iba a decirle.

—Dicen que lo del niño es invento de las custodias.

—¿Sí? Pero... ¿para qué iban a inventar algo así?

—No se sabe, pero lo cierto es que nadie vio lo que dijeron, nadie ha visto ningún bebé muerto. Así que ahora resulta que no se sabe si es un invento de esas mujeres, o si es verdad que algo iba a suceder. Igual hay que tener cuidado.

Sonia asintió y siguió con su limonada. El almuerzo pasó como siempre. Grupos de mujeres vociferaban, protestando por la comida, que no era suficiente o que estaba desabrida. Risas, palabrotas, chistes subidos de tono. Aquel día, el tema principal no fue el supuesto bebé muerto sino el frío. Alguien aseguró que le contaron sobre una nevada en el norte del país. Una de las cocineras, que escuchó el cuento, lo confirmó. Otra más dijo que el Ministerio del Medio Ambiente anunció que era probable llegar a cero grados por la noche, y el salón se llenó de cuchicheos temerosos y súplicas que acababan con un *Dios y la Virgen nos protejan*.

Luego de la comida, Sonia e Ingrid se quedaron en el patio, sentadas, apoyadas en una pared. Ingrid quería fumar un cigarro, el último de la cajetilla.

—Podría venderlo por treinta centavos, pero me vale, este me lo fumo. ¿Vos nunca fumaste, Sonia?
—En el instituto, sí.
—Yo antes no fumaba, aprendí aquí.
Ingrid encendió el cigarro y dio una chupada. Tenía las manos protegidas por calcetines y llevaba puestas dos blusas y un suéter.

De pronto, Ingrid sintió el silencio. Lo percibió como una realidad yuxtapuesta a otra. El ruido era una característica de la cárcel, más si estaban en el patio, así que pudo sentir el silencio, tan denso como una presencia.

—¿Qué pasa? —preguntó Sonia.

Cerca de ellas, una mujer robusta, conocida como Maldita, se abalanzó sobre una reclusa a la que llamaban Chinche y la tomó por el cuello. Estaban a menos de dos metros. El grupo de reclusas amigas de Chinche se dispersó, rodeándola. Ingrid se levantó de un salto y tomó a Sonia por el brazo.

—¡Vamos, pues! —exclamó.

Chinche rodó hasta quedar a los pies de Sonia. Maldita dio un puntapié en el rostro de Chinche, el golpe destrozó la nariz de la mujer, la sangre salió a borbotones, Sonia tuvo que saltar sobre el cuerpo de la herida, pero en el último instante tropezó con una de sus rodillas y cayó. Ingrid volvió a halarla, la levantó y ambas se movieron con rapidez. Sonia observó con terrible claridad cómo Maldita saltaba sobre Chinche, cayendo encima de su estómago. Un gemido angustioso se escuchó, sordo y desagradable, por el patio.

Ya entraban a la zona de celdas cuando observaron un grupo de reclusas que corría hacia la escena. Sonia pudo ver que algunas llevaban una especie de varas de metal de unos treinta centímetros. Un sonido de silbatos llenó el patio como una tormenta estridente. Una sirena se encendió. Ingrid apretó la mano de su amiga.

—No podemos ir a las celdas —dijo.

—¿Por qué no?

—Porque no. Tenemos que saber qué está pasando. No tengas miedo, mejor abrí los ojos.

Ingrid se acercó a una ventana que daba al patio. Desde allí observaron a las reclusas, inmersas en una pelea multitudinaria, y a las custodias alrededor, repartiendo golpes y vociferando. Cuando sonó el disparo, vieron caer a una de las custodias. Un tiro le había dado en la cabeza. Por un instante, no supieron de dónde había salido, si de alguna de las reclusas o de los policías apostados en las torres de vigilancia. Casi daba igual que se tratara de una posibilidad o de la otra; la respuesta a ambas preguntas sería siempre el caos.

44

—A ver, madre —dijo Bomba—, léale las cartas al Fantasma.

—Pero dígame lo malo, no solo lo bueno —pidió Fantasma.

—Si vos nada bueno has de tener, cabrón —exclamó Bomba.

—Todos tenemos algo bueno —explicó la señora Sombra, mientras recogía las cartas esparcidas sobre la mesa.

—Dígale todo —agregó Bomba—. Si quería que se las leyera, hoy que tenga huevos para saber lo que dicen.

Fantasma se sentó a la mesa, frente a Sombra, quien barajaba las cartas con la habilidad que le daban años en el oficio. Bomba se instaló a un lado. La señora Marta se sentó en una silla desde donde observaba el patio; por eso pudo ver a Puskas salir y revisar los desperdicios junto a la pila y los barriles con agua. De un alambre colgaban blusas y unos cuantos calcetines. Marta agradeció no haber lavado nada de Tomás en los últimos días.

Sombra pidió a Fantasma que le indicara cuándo parar. El chico lo hizo. Sombra se detuvo y le preguntó cuántas cartas quería, y Fantasma dijo que nueve.

Afuera, Puskas seguía husmeando a un lado y otro y Marta no dejaba de vigilarlo. En su interior, pedía a Dios que no fuera a ocurrírsele levantar las dos ollas vacías sobre la entrada de la cisterna.

—Hay uno que siempre está con vos —dijo Sombra.

—El Puskas —respondió Bomba, y soltó una risilla.

—No, no es uno que esté vivo; es un no vivo, como una sombra. ¿No has oído algo en el viento? ¿Algo como una voz?

—Puede ser —dijo Fantasma.

—No es uno que sea luz, al contrario —añadió Sombra—. Y no le gusta que estés aquí.

Fantasma sonrió.

—Menuda revelación —exclamó Bomba.

Sombra cruzó una mirada con el chico, luego dijo:

—No le gusta que estés aquí conmigo porque sabe que puedo verlo y no le gusta que lo vea.

—¿Eso dicen las cartas? —preguntó Bomba.

—No, eso no lo dicen las cartas, a ese lo veo yo —reveló Sombra.

—Pero… ¿las cartas qué le dicen? —insistió Bomba.

—Hijo —susurró Sombra—, yo no sé si debería decirte esto, pero la carta que sale es la de la muerte.

—Ese es mi pan de cada día, madre —dijo Fantasma, mirando con seriedad a la señora Sombra.

—Bueno, bueno —admitió la mujer—. Todos sabemos cómo es vivir en estos barrios. Pero la muerte puede estar cerca o estar lejos. Eso quiero decirte.

Sombra continuó su lectura y nadie se sorprendió cuando les dijo que no veía futuro.

—No queda mucho, es lo que veo. Luego de unos años, aquí no va a quedar nadie de ustedes ni de nosotros. Vamos a quedar bajo la ceniza. Es lo que va a pasar, y ya no se puede impedir. Estamos condenados. Es lo que veo.

—Ojalá tenga razón la doña —dijo Bomba.

—Puede ser —dijo Fantasma—. Nunca se sabe.

Poco después, se escuchó un tiro. Y otro. Y otro más. A lo lejos, sonó una sirena. Los tres chicos se alarmaron. Salieron al patio. Subieron al tejado. Sombra y Marta los escucharon vociferar, sus voces se volvieron urgentes, alteradas. Cuando anunciaron que los policías estaban llegando a la zona, bajaron del tejado y entraron en la casa.

—Tengan cuidado ahora que salgan —recomendó la señora Sombra, en un intento absurdo de agradar.

—Las cosas que dice, madre —dijo Bomba—. Pero no se preocupe, hoy nos vamos a quedar aquí.

—Tengo que irme a trabajar —intervino Marta.

—Mucho cuidado con hablarles a los polis —indicó Puskas.

—Usted ya sabe, ¿no, madre? —agregó Fantasma.

—Nosotros no andamos con juegos ni pendejadas —siguió Puskas—. Si nos enteramos de que ha hablado con los putos esos, hasta ahí llegamos.

—No van a tener queja de mí —aseguró Marta.

—Que la Virgen la proteja, madre —dijo Bomba.

La señora Marta entró a su habitación, cogió un chal de lana y se lo echó sobre los hombros. También buscó un gorro. De un antiguo viaje a Quetzaltenango, Guatemala, tenía unos gruesos guantes que se enfundó en las manos. Cuando estuvo lista, salió al salón. Sombra la tomó del brazo y caminaron juntas. Y juntas salieron de casa. Bajaron las gradas del barrio ante la mirada de los policías, que iban y venían. Como eran dos viejas que se ayudaban la una a la otra al andar, no les hicieron caso. Ni siquiera las saludaron. Para ambas, fue mejor así. Si algo no faltaba en el barrio eran ojos vigilantes, miradas que salían de las ventanas o caían desde los techos. Al despedirse, Sombra persignó a su amiga y le dijo:

—Todo va a estar bien. Hay que tener fe.

—Ya no tengo fuerzas ni para tener fe —musitó Marta, pero la otra no la escuchó, pues a esa hora una multitud de sirenas llenaba el aire frío como una tormenta.

45

Antonio caminó hasta la casa de Maca y el señor Franco mientras revisaba su teléfono. Lucy estaba conectada. Observó que su foto de perfil en la aplicación de mensajes era otra. Ahora vestía una blusa escotada y se la veía sonriente. No conocía esa foto, un selfi, y supuso que era nueva. Se veía hermosa. Feliz. Eso lo hizo sentir frustrado, era como si a ella no le importara nada lo que sucedía, como si separarse fuera algo que careciera de la menor importancia. No podía entenderlo. Hizo un amago de guardar la foto mediante una captura de pantalla, pero decidió que era mejor que no, que no valía la pena. Guardó el teléfono en el bolsillo y llamó a la puerta.

—Hombre, muchacho, al fin viniste —lo saludó el señor Franco al abrir. A pesar del frío, vestía apenas un suéter delgado y no llevaba camisa.

—Buenos días —saludó Antonio.

—Ese holgazán no se ha despertado, pero ya tengo listo el café. ¿Has comido ya? ¿Querés unos huevitos?

—Bueno, gracias —dijo Antonio, y siguió a Franco a la cocina.

—Andá a despertar al holgazán ese —le pidió con una sonrisa.

Antonio asintió y fue a la habitación de Maca, que halló abierta. El chico estaba sentado al borde de la cama. Tenía el cabello hecho una maraña y no dejaba de bostezar. Cuando observó a Antonio, estiró el brazo y ambos chocaron levemente los puños, a manera de saludo.

—¿Sabés si hay café?

—Sí hay. Me mandaron a buscarte.

Maca asintió.

—¿Y vos ya comiste? —quiso saber Maca.

—Sí, pero tu papá está haciendo huevos —contestó Antonio.

—Ya sabés, al francotirador no se le puede decir que no —repuso Maca.

—Pues sí, yo sé —dijo Antonio—, pero de todas maneras siempre tengo hambre, así que da igual.

Desde el día del desierto, la muerte se volvió la única compañía fiel para Franco, su medio para sobrevivir. A inicios de los años ochenta, otra guerra se libraba en los barrios bajos de Los Ángeles. Grupos de mexicanos y afroamericanos se disputaban las calles con los salvadoreños que habían escapado de su propia guerra civil. En esos años, a Franco se le conocía por el apodo de Killerman; él mismo contaba la historia de que había asesinado a su padre por defender a su madre. Aseguraba haber ocupado un machete para cortarle la cabeza. No hubo quien no le creyera. En una ocasión, eliminó a tres hermanos mexicanos por una venganza. Los mexicanos, unos trillizos de apellido Patiño, habían golpeado hasta matar a un vendedor de marihuana salvadoreño, a quien Killerman no conocía, pero al que decidió vengar porque, según él, no podía permitir que nadie hiciera eso a un compatriota suyo. Así que fue a buscarlos a su propia casa y los asesinó. Hubo una pequeña guerra entre barrios y, antes de que la policía pudiera capturarlo dado que se le señalaba como el principal jefe de la banda salvadoreña, Killerman huyó de la ciudad. Tomó un coche, recuperó su anterior nombre, Franco, y manejó hasta el puerto de Bandon, en Oregon, donde trabajó en un restaurante de pescado por unos meses, hasta que se aburrió y manejó más al norte aún, a Coos Bay, y luego a Newport. Allá se embarcó en un pesquero que lo llevó a Seward, Alaska, y luego a la isla de Kodiak, donde cazó osos salvajes, de los que se vistió y nutrió, porque aprendió a comer la carne de oso asada o en estofado. En el frío se sintió cómodo. Y también se le hizo cómodo estar entre aquella gente silenciosa, acostumbrada a no preguntar sobre tu origen ni a interesarse por tu destino, pues en aquellos parajes inhóspitos lo único que importaba era tu habilidad con el rifle o el cuchillo, tu capacidad para soportar el frío, tu gusto por el licor, que te mantendría caliente, y si eras bueno para preparar una fogata o una olla de café. Lo único que importaba era sobrevivir. Se embarcó en un ballenero hacia la Patagonia, donde vivió por nueve años. En esa época aprendió a cazar focas y asistió a una iglesia dirigida por un pastor de origen sueco que anunciaba el Apocalipsis mientras compartía su vida con siete esposas, cada una de ellas de una nacionalidad distinta: rusa, noruega, alemana, mexicana, estadounidense, vietnamita y argentina. En esos años, Franco estuvo casado por un breve período con una mujer de origen chileno que se suicidó al cabo de un año y tres meses de convivencia. Dicen que una mañana la vieron andar por la superficie del Perito Moreno, el glaciar situado en El Calafate, y por la tarde encontraron su cuerpo flotando en el Lago Argentino. Cuando sucedió, Franco volvió a Alaska y vivió en aquel páramo frío por casi un año antes de regresar al barrio de Los Ángeles. Allí se dedicó a delinquir. Entró sin hacer ruido en una organización y escaló hasta convertirse en uno de sus jefes, a base de asesinatos y el cobro de extorsiones. Y todo fue bien por un tiempo. Y el señor Franco se encontró a gusto, al menos de la manera en que alguien como él podía estarlo, hasta que un día fue capturado en una redada y enviado de vuelta a su país. Cuando llegó a San Salvador no era un desconocido entre sus iguales. Estuvo en la cárcel por casi tres años. Al salir, fue a vivir a una casa que estaba abandonada y donde pasaba la noche un niño de seis años que se alimentaba aspirando pegamento para zapatos, un chico al que los otros como él llamaban Maca.

—¿Puedo dormir aquí? —preguntó el niño a Franco una ocasión en que entró a la habitación que Franco había tomado como suya. Nadie hablaba con aquel hombre cuya mirada se perdía en una oscuridad que los otros habitantes de la calle no conocían ni querían conocer, pues le temían.

—Vení, pues —dijo Franco, y le ofreció algo de estofado. El chico comió sin preguntar qué era. Tenía hambre, un hambre extraña, dolorosa, que solo nace después de muchos días sin ingerir alimentos.

Y desde entonces Maca se quedó con el señor Franco. Y Franco le enseñó a vivir como él vivía.

Cuando Antonio y Maca entraron a la cocina, todo el lugar olía a madera quemada y flores, era agradable. Se sirvieron café y se sentaron los tres frente al fuego improvisado por Franco en una barbacoa. La brisa bulliciosa jugaba en los aleros y los árboles cercanos. Hablaron del clima, de la noticia de la nieve en el norte del país, del anuncio de que podían llegar a los cero grados Celsius. Ninguno parecía alarmado. Luego de un rato, el señor Franco se levantó y fue a su habitación y volvió con un rifle. Se sentó otra vez en su silla y apuntó hacia abajo, a la calle.

—Si le tiro, le pego en la cabeza —dijo.

Maca se asomó y descubrió un carro de la policía y a dos agentes de pie, que hablaban con una mujer. La distancia desde donde estaban sería de unos doscientos metros o un poco más.

—No es una buena broma —advirtió Maca.

—No es una broma, podría hacerlo. Lo tengo en la mira al cabrón.

Abajo llegaban otros coches de policía. Supusieron que algo ocurría, aunque no habían escuchado ningún disparo ni nada que los alertara.

—Deje de hablar esas pendejadas —siguió Maca.

—¿Lo está diciendo en serio? —preguntó Antonio, asustado por la posibilidad.

—No lo haga —pidió Maca, y puso la mano en la mirilla del rifle.

—¿Lo está pensando en serio? —insistió Antonio.

—Mejor apartá la mano, niño —reclamó el señor Franco.

—Es que no puede hacer eso. ¿Para qué? —insistió Maca.

—Si quisiera, puedo. ¿Vos qué decís, Antonio? Si me decís que sí, podría arrancarle la cabeza a uno, y, si el otro no se mueve, pues también me lo cargo.

—Ya está, no tiene gracia la broma —dijo Maca.

—¿Qué decís, Antonio? ¿Le arranco la cabeza a ese pendejo o le perdonamos la vida?

—No dispare —le suplicó Maca.

—¿Antonio? —insistió el señor Franco.

—Son muchos —contestó Antonio—. Han pasado como tres o cuatro patrullas más.

—Le tiro a ese y empezamos de una vez el apocalipsis. ¿O no?

—Son policías, padre. Y son muchos —insistió Maca, quien sabía que la mitad era alarde y la otra era una intención real de acabar con todo.

El señor Franco no apartaba la mira del rifle. Y contaba: uno, dos. Uno, dos, tres.

—En menos de un minuto puedo descabezar a cuatro —aseguró.

—Déjelo, padre.

—Mejor les perdonamos la vida —sugirió Antonio—. Es lo mejor, señor.

—Ya, padre. Ya está bien.

—Si solo estoy jugando, pendejito —dijo, finalmente, el señor Franco—. Solo estoy jugando con esos cabrones. ¿Oyeron?

—¿Oímos qué? —preguntó Antonio.

—El disparo —respondió el señor Franco.

—No ha disparado nadie, padre —dijo Maca, y justo en ese momento, como si el señor Franco se hubiera anticipado unos segundos en el tiempo, escucharon disparos cercanos, un bullicio y gritos.

—Anda, cerrá bien la puerta.

—¿Qué pasa? —preguntó Antonio al ver a Maca corriendo hacia la sala.

—Poné doble llave y aldaba —gritó el señor Franco.

—No me entero de nada —se quejó Antonio.

—Por si acaso, Antonio. Es por si acaso —explicó el señor Franco—. ¿Cerraste, Maquita?

—Ya está —respondió el muchacho.

Entonces el señor Franco se levantó y le dijo a Antonio:

—No sé quién es el que disparó, pero vi a ese cabrón huyendo de la policía, y no quiero que se meta en la casa si llega por aquí.

—Ya entiendo —repuso Antonio.

Cuando Maca volvió, dijo:

—Entonces, ¿quieren más café? Tengo las empanadas de ayer. De leche. ¿Te gustan las empanadas de leche, Antonio?

—Sí, sí me gustan.

—Son las mejores. Cuando las hacen bien, son las mejores —sentenció el señor Franco.

46

Con el disparo inicial, las reclusas dejaron la pelea y se echaron al suelo del patio. Dos disparos más provocaron gritos, pero no dieron en ningún blanco. Las custodias levantaron a su compañera herida y corrieron con ella a la enfermería. Su jefe separó a las reclusas en dos grupos, mientras decía a las demás que no salieran al patio. Varios policías entraron al área de las celdas y pidieron a las internas que regresaran a ellas. Nadie se negó ni protestó. Los policías hombres usaban pasamontañas y llevaban fusiles de asalto.

—Todas a las celdas —insistieron los policías—. No queremos ver a nadie en el pasillo. Dos minutos. En dos minutos nadie en el pasillo.

—Le están pegando a la Maldita estos hijos de puta —anunció una mujer.

Desde donde se encontraban, era difícil ver el patio, pero muchas asumieron que era cierto y se armó una pequeña gresca al interior. En ese momento, Ingrid empujó a Sonia y le dijo que corriera. Los policías, presionados, sacaron sus garrotes y golpearon a las reclusas. Más gritos, más caos. Sonia, Ingrid y otras se resguardaron en sus celdas. Poco después, llegaron más mujeres, muchas de ellas golpeadas, con la cabeza y las manos lastimadas, llenas de moretones por los golpes recibidos cuando intentaron protegerse.

Pronto, se extendió la noticia de que Maldita estaba herida. No pasó mucho tiempo para que las sirenas de las ambulancias aparecieran en la escena. Las mujeres comentaron que la custodia estaba grave, al igual que Maldita, y ambas iban para el hospital.

Aquel día las castigaron con el hambre. *Nada de cena,* anunciaron por la megafonía. *Todas van a permanecer en sus celdas. Hay toque de queda hasta mañana a las seis.*

—Una mierda —se quejó Ingrid—. Aquí pagamos justas por pecadoras.

—¿Querés que te quiebre la trompa? —la amenazó una reclusa a quien llamaban Lola. Era una mujer con evidente sobrepeso, alta, de brazos robustos.

—¿Y a vos qué te ha picado? —preguntó Ingrid, resuelta.

—Bueno, zorra maldita, ¿te vas a callar o qué?

Lola tenía una herida sobre la ceja, que estaba inflamada.

—Ya sabés que esta es amiga de la Maldita —musitó otra reclusa—, así que calmate, Ingrid.

—No le diga nada —le pidió Sonia a su amiga.

—¿Entonces, pendeja? —siguió Lola.

—No quiero problemas —dijo finalmente Ingrid.

—¡Pendeja! —exclamó Lola.

Ingrid no respondió. No estaba dispuesta a provocar una pelea que no podía ganar. Sabía que lo mejor era buscar protección en el silencio, aunque eso significara quedar como una idiota o una cobarde. Sobrevivir requería ciertos sacrificios. Perder la dignidad era solo uno de ellos.

47

Tomás se despertó en la oscuridad y escuchó las voces arriba. Eran tres, dos chicos y una chica. Sonó un disparo. Silencio. Otro disparo. No se atrevió a encender una lámpara, como si la luz pudiera delatarlo. Trató de escuchar. Los tres estaban dentro de la casa, hablaban, pero no podía entender lo que decían. Era como un susurro lejano. Entonces, uno gritó: *Hay alguien arriba.* Y otro: *Callate, pendejo.* Y luego se escuchó que alguien caía y Tomás no supo, no al principio, si era en el patio o afuera, más allá del muro. En ese punto sonó una ráfaga y gritos, gemidos de dolor. Alrededor todo era silencio, salvo por una respiración mezclada con leves gemidos. La respiración cesaba. Los gemidos también. Arriba, alguien agonizaba. Tomás no tuvo dudas de lo que oía en aquel instante. El herido empezó a decir un nombre, una palabra. Tomás no pudo entender. Se acurrucó. Se sentó en el suelo. La respiración cesó. *Ya está*, dijo un hombre. *¿Estás seguro?*, preguntó otro. *Sí, ya está*, repitió el primero. *Hay que dar aviso y que vengan los de Medicina Legal*, dijo alguien más. Tomás no sabía calcular cuántos estaban en el lugar, pero parecían tres o cuatro. En las siguientes horas, llegaron otros. También escuchó el llanto escandaloso de unas mujeres. Supuso que podían ser la madre, la esposa, la hija. Tal vez aquellas a quienes intentó nombrar.

Tomás se arrastró hasta la cama y se enrolló como una serpiente. Cerró los ojos buscando una oscuridad más profunda. Supuso que las voces nuevas arriba, aquellas que lloraban, eran de sus vecinas, pero agradeció no reconocer a nadie. No sabía nada y no quería saber nada.

48

Antonio sintió la vibración que emitía el teléfono cuando llegaba un mensaje. Lo revisó de inmediato.
¿Oíste los disparos?, leyó. El mensaje era de Nana.
Luego de dos minutos, respondió: *Sí, los oí.*
Dicen que mataron a uno que venía robando en un bus. Acá en el predio lo vinieron a matar los policías.
¿Era conocido?
El hijo de la señora Eugenia, la de la tortillería.
Pobre, pero se veía venir.
¿Estás en tu casa?, siguió Nana.
Cerca.
¿Donde tu señor Maca-rrones?, preguntó Nana.
Antonio le envió por respuesta un emoticono de una mano con el pulgar hacia arriba.
—¿Y qué ondas con esa? —preguntó Maca, que miraba a su amigo por encima del hombro.
—¿Con Nana?
—Está chula y rara, pero está más chula que rara —dijo Maca—. Chula de cara y buen trasero, aunque tiene unas tetillas como que son manzanitas.
—Es bonita, sí, pero muy menor —replicó Antonio.
—¿Muy menor? Esa tiene más experiencia que vos, cabrón. Muy menor, dice... Ni que tuvieras sesenta años.
—Me cae bien —aseguró Antonio—, pero nada más.
—Cabrón, un clavo saca a otro clavo. Aunque el clavo esté algo podrido. Y la morra está buena y podrías hacer algo.
—No tengo ganas de nada —se quejó Antonio—. Tengo la cabeza en otra parte.

—Si te saliera con esa bicha, tocarías el cielo, cabronazo. Y te hace falta, estás hecho una mierda por la Lucy, es la neta.

—No tengo ganas de meterme en algo así ahora mismo —insistió Antonio.

—Pues precisamente por eso es que te conviene meterte, porque no tenés ganas de nada, y la morrita te las devolvería. Eso seguro, cabrón. Ya quisiera.

—Puede ser —dijo Antonio.

—Qué hijoputa más rogado. Calmate, Brad Pitt —exclamó Maca y golpeó en el hombro izquierdo a su amigo.

49

Sonia se preparó para pasar la noche. Tendió una sábana sobre la colchoneta, dobló sus dos toallas y las puso en la cabecera. Ingrid colocó su colchoneta junto a la de Sonia e hizo lo mismo con las sábanas y las toallas. Una de las custodias les dijo que el Ministerio del Medio Ambiente había anunciado que en la madrugada volvería a hacer frío.

Las reclusas se prepararon lo mejor que pudieron. Cerca de las nueve, recibieron la buena noticia de que Maldita estaba en el hospital, con un hombro y un pómulo fracturados, pero estable, lo mismo que la agente herida, dado que la bala no había dañado ningún órgano. Pese a las buenas noticias, la suspensión de la cena se mantuvo.

—¿Sabe qué, chula? —dijo Ingrid—. A mí tampoco me viene a ver mi hijo.

Ingrid y Sonia estaban acostadas una junto a la otra, de frente, envueltas en varias sábanas. Sonia no sabía mucho de su compañera, pues no hablaba de su antigua vida, ni de sus hijos, ni del motivo de su condena, aunque sabía que guardaba prisión por el asesinato de su marido.

—Ya sabés cómo es —siguió Ingrid—. El cabrón con el que me casé me daba mala vida. Lo de siempre: bebía todo el tiempo, se gastaba lo que ganaba en la cantina, me golpeaba cada vez que estaba borracho. Nada que no se sepa. Una vez hasta me dio con una vara de metal en la nuca.

—¿Sí?

—Así como lo oís.

—¿Por qué estás encerrada, Ingrid?

—¿Por qué? Por defender a mi hija. Por defenderla de su papá. El hijoputa abusaba de ella. ¿Sabés, Sonia? Yo nunca hice nada por mí, nunca. Era una idiota, una cobarde, no me defendía de él ni lo acusaba ni hacía nada, solo aguantaba. Pero cuando lo encontré con la niña, eso sí que me pudo. Diez años tenía mi niña y el cerote estaba tocándole sus partes. Un garrotazo en la cabeza le di. No me di ni cuenta. Te lo juro.

—¿Y se murió?

—Se murió, sí. Y por eso mi hijo no me viene a ver. Vive con sus tías. Bueno, los dos viven con sus tías.

—¿Hermanas de él?

—Mis cuñadas, sí. Y mi hijo, pues sí, para él le maté a su papá. Siete años tenía cuando pasó.

—Qué pena, Ingrid.

—Da pena, sí, pero no me arrepiento de nada. Te lo juro.

—No sabía, Ingrid.

—No le cuento esas cosas a nadie. Y, bueno, Andrés se llama mi niño. Y Jenny, mi niña.

—Andrés y Jenny.

—Sí. Algún día va a entender a su mamá mi Andrés.

—Yo no culpo a Tomás tampoco, ¿sabés?

—Tomás, tu fuente de tristeza.

—Nunca teníamos dinero, ¿sabés? —dijo Sonia—. A veces andábamos con un dólar cada uno, y comprábamos dos pupusas de a cincuenta centavos y una coca-cola para los dos, pero estábamos bien. Siempre la pasábamos bien, aunque no tuviéramos un centavo.

—Esos recuerdos valen la pena.

—Sí, valen la pena. El primer año, en Navidad, me regaló un collar que había sido de su mamá, de oro. Y, para mi cumpleaños, dos blusas de la maquila de la abuela. También me regaló una historia que escribió él mismo, de una muchacha que había heredado unas alas y podía usarlas de noche, para que nadie la descubriera.

—¿Escribía historias?

—Sí, historias muy locas. Era bien sanguinario, pero solo con las historias. Él no mataba ni a una mosca. No se peleaba con nadie. Y el pobrecito tenía miedo a los ratones.

—Como mi papá. Mi papá no mataba nunca una rata, dejaba que mi mamá o yo o mis hermanos nos hiciéramos cargo. No le daba pena al desgraciado. Se encerraba en el cuarto y esperaba.

—Tomás decía que quizá de niño le había pasado algo con las ratas, pero no se acordaba.

—A mi papá lo mordieron cuando era bebé. Le faltaba la mitad del dedo meñique. Se lo había comido una rata. ¿Te imaginás? Qué asco.

—¿Sabés?, con Tomás estábamos planeando un viaje.

—¿Un viaje a dónde?

—Íbamos a ahorrar un año, y con eso nos íbamos a ir a Guatemala. Nunca habíamos salido del país.

—Yo tampoco.

—Y por eso queríamos ir a Guatemala. Cuando me pasó lo que me pasó, él se había ido a trabajar con el Maca y el Antonio. Eso estaba haciendo, trabajando. Quería ganar dinero para el viaje. Y yo me había puesto a tejer pulseras.

—Estabas bien con él, ¿verdad?

—Estábamos bien, sí. Yo tenía mi carácter, era una celosa de mierda.

—Como todas en este país, querida…

—Sí, pues sí, pero él era bien tranquilo. ¿Sabés?, yo sé que, de haber tenido a ese bebé, Tomás se hubiera arreglado conmigo. Estoy segura de que se hubiera hecho cargo del niño.

—No sé, Sonia, eso ya es otra cosa.

—Yo sí sé, yo lo conozco. No me hubiera dejado sola.

—Ya. Bueno, qué te voy a decir, si eso ya no pasó.

—Pues sí, pero estoy segura de que todo se hubiera arreglado, él no me hubiera dejado sola. Es lo que creo. Yo sé que hubiera sido así. Y aunque no lo vuelva a ver nunca, no importa, no voy a dejar de pensar en eso.

A Ingrid la conmovió lo que le decía su amiga; creía que era una ingenua, pero no estaba dispuesta a contradecirla.

Sonia e Ingrid siguieron hablando un poco más. Cuando apagaron las luces de la celda, lo hicieron en susurros, se contaron su vida pasada, las cosas buenas y algunas menos buenas. Y entre una historia y otra se quedaron dormidas, al amparo de las respiraciones de sus compañeras, escuchando el viento en el patio, presintiendo la ola de frío que ya caía sobre ellas, transparente y terrible como una maldición.

Al día siguiente se supo que el mal olor provenía de una bolsa llena de ratas muertas. Lo anunció una de las mujeres de la cocina, quien las había recogido. Había sido ella también la que colocó el veneno que acabó con los roedores. La razón por la que las custodias inventaron la historia del bebé muerto nunca se supo. El porqué de la pelea entre Maldita y Chinche, tampoco. A veces, Ingrid pensaba que no existían motivos, que todo era parte de una sombría entretención necesaria en aquel pequeño mundo más terrible.

50

El señor Franco escuchó los sollozos y se asomó a la ventana. Observó a dos mujeres abrazadas y a muchos chicos y chicas alrededor de ellas. Al parecer, eran la madre y la tía del muchacho asesinado por la policía, un ladrón de poca monta a ojos de Franco.

Se alejó de la ventana y dijo a Maca y Antonio:

—Creo que han matado al hijo de la tortillera.

—Eso dicen —agregó Maca.

—Pobre mujer, pero ¿qué le vamos a hacer? Tenía un hijo miserable. Era de esperar que acabara así.

—Dicen que venía robando en el bus —añadió Antonio.

—Es lo que digo, un idiota. ¿A quién se le ocurre? Todos estos muchachos son idiotas. Nacieron así. Y como nunca han leído un libro en su vida, el cerebro lo tienen dormido. Por eso les pasa lo que les pasa. Se creen los malos de la película, pero no son malos, solo son imbéciles. Y ya ni siquiera creen en Dios. Dios está pasado de moda. Tenemos un pueblo de imbéciles. Y luego andan llorar y llorar, y no saben ni cómo educar a los hijos. Qué cansado.

—Pobre mujer —dijo Antonio—. Creo que es el segundo hijo que le matan.

—¿Es de las que andan con un paño blanco en la cabeza? —preguntó Franco.

—Sí, es de esas —respondió Maca—. Pero de nada le sirve la iglesia, al parecer.

—No les sirve de nada porque no creen en Dios. Estas creen en los pastores —dijo Franco—. Con el perdón del caso, pero es como tu abuela, Antonio.

—¿Qué te puedo decir?

—Pasa rezando todo el día, pero es más maligna que la maldad —agregó Maca.

—Se hizo así, imagino que por la mala vida que le ha tocado —aclaró Antonio.

—Antonio, ¿sabés qué decía Einstein de Dios? —preguntó el señor Franco—. Decía que Dios era producto de la debilidad humana.

—No tenía idea de que hubiera dicho eso —confesó Antonio.

—Einstein asume que unos más débiles que él crearon a Dios —siguió Franco—, como los niños pequeños que tienen miedo a todo porque nada conocen y buscan un padre que los proteja, no importa la naturaleza de este, si es un asesino o un santo o un violador de niños o un carcelero, necesitan un padre y no les importa de dónde ha salido, y si lo encuentran, son felices. Eso creyó Einstein, quien jamás consideró que la idea de Dios hubiera nacido de una comprensión superior, de alguien que comprendió más allá de lo que lo rodeaba. Debió haber sido una mente privilegiada la de aquel que, parado sobre sus dos extremidades inferiores, inventó un lenguaje o comprendió el origen del fuego. Qué visión. El fuego lo cambió todo, pudimos cocinar animales, vencer la oscuridad, vencer el frío, protegernos y nacer de nuevo. La humanidad empezó a la orilla del fuego, cuando se contó la primera de las historias. Justo como hacemos nosotros ahora. Es así, Antonio. Y el señor Einstein, en su finita inteligencia, asumió que el resto éramos seres inferiores, y quizá los que le rodeaban lo fueran, pero la historia de la humanidad no es la historia de los que rodeaban a Einstein, no, señor. Llevamos aquí miles y millones de años, y lo que vieron y entendieron los antiguos también está fuera de nuestra propia comprensión. Cuando estás en medio del hielo, en el centro del continente blanco, y mirás al cielo y contemplás las auroras boreales y la Vía Láctea, ves algo que no tiene nada que ver con la comprensión humana, y, sin embargo, no somos distintos, no estamos lejos, no somos ni siquiera el borde, pertenecemos a eso que vemos, somos un centro de aquello que nos parece tan lejano. Y que Dios no esté de moda nos ha traído hasta aquí. Nos hemos acostumbrado a vivir en la mierda. A chapotear en la mierda. Y creemos que es el camino. Somos un pueblo de idiotas, es lo que somos.

Los chicos no decían palabra, pero no estaban sorprendidos, pues Franco solía hablar de esa manera muchas veces, soltando frases que atribuía a Einstein, a Roosevelt, a Platón, a Dante o a quien se le ocurriera citar, para luego cuestionarlas con sus propios razonamientos.

—Un pueblo de vulgares primitivos, eso es lo que somos. Policías, ladrones, políticos, sacerdotes, todos somos lo mismo. No podemos ir hacia la luz porque la manchamos con la suela de nuestros zapatos llenos de fango y de sangre. Nos merecemos la condenación y la muerte, Antonio. Es lo que nos merecemos.

—La señora Sombra dice que no tenemos destino, que ya está por acabar todo —respondió Antonio.

—Y tiene razón —dijo el señor Franco—. Tiene razón la vieja loca esa. La oscuridad es nuestro reino. Así sea.

51

La señora Marta estuvo intranquila pensando que su nieto estaba pasando hambre. Por segundo día, no pudo bajar para dejarle el almuerzo, debido a la visita de Bomba, Fantasma y Puskas. A ratos, mientras trabajaba en la máquina de coser, rezaba a la Virgen para que su nieto soportara el hambre, para que no se desesperara y subiera. Más tarde, en el autobús, de regreso a casa, pidió a Dios que la protegiera y protegiera a su nieto, y que la policía o los bandos contrarios se encargaran del Puskas. Luego, arrepentida, pidió perdón a Dios. *Perdoname, Señor, perdona que te pida estas cosas, pero no lo soporto más; estoy muy cansada, muy cansada, Señor.*

Cuando bajó del autobús, caminó presurosa y con ilusión. Tenía pan, aguacate y huevos. Le prepararía algo rápido a Tomás. Unos panes con huevo y algo de chile. Y café. Eso estaría bien. Lo bajaría de inmediato. Pensaba en ello mientras subía los escalones del pasaje donde vivía, con la vista perdida en el suelo, sin saludar a los vecinos. Poco antes de llegar, observó que la luz del salón de su casa estaba encendida. *Por favor, Señor*, musitó. *Por favor, no. No permitas que el mal siga en mi casa. Por favor.* Antes de meter la llave en la cerradura, los escuchó hablar en voz baja. Los encontró sentados en el piso. Fumaban algo que no era tabaco.

—Pero si es la abuelita —exclamó Bomba.

—Ha llamado su nieto —informó Puskas—. Dijo que va a venir a desayunar mañana, que lo esperemos aquí.

—¿Ya cenó? —preguntó la chica.

La señora Marta entró sin saludar, dejó su bolso sobre la mesa y luego se acercó a la cocina y se sirvió un vaso de agua.

—Ha llamado su nieto. ¿No le importa? —insistió Bomba.

—Vamos a poner música de la que le gusta —anunció Fantasma.

—¿Va a cenar con nosotros? —preguntó Bomba—. Le robé unas sardinas con chile y le freí frijoles.

—Me voy a acostar —susurró Marta—. No me siento bien.

—¡Que ha llamado su nieto, le digo! —gritó Puskas—. ¿Ya habló con usted?

—No, no ha llamado en un mes —respondió Marta—. Y le pido a Dios que no me lo hayan matado. Voy a dormir, estoy bien cansada.

—Le vamos a dar serenata —dijo Fantasma y encendió un diminuto aparato de música. Sonaron los acordes de una canción de Iron Maiden—. Es el Pedro Infante de los Cárpatos —agregó, y se echó a reír.

—¿Dónde mierda quedan los Cárpatos? —preguntó Bomba.

—Y yo qué putas voy a saber —exclamó Fantasma—. ¿Eh? ¿No le gusta, doña Marta?

La señora Marta entró en su habitación sin responder. Necesitaba rezar, susurrar una oración, algo que le permitiera tener otra vez esperanza. Su nieto estaba abajo, en la oscuridad, y temía que la desesperación provocada por el hambre lo hiciera salir. Lo temía más que nunca. Si ocurría, sabía que ella no podría hacer nada, aunque decidió que no dejaría solo a su muchacho. Cerró los ojos y pidió a Dios fuerza para resistir y tener el valor de entregarse a la muerte, porque si su muchacho estaba condenado, ella también lo estaría, y si uno tenía que morir, era mejor que los asesinaran a los dos. Bajo un coro de voces sombrías que llegaban del salón, la señora Marta dijo su oración igual que una niña encerrada en un sótano, y pidió a Dios por la muerte y por el perdón, por la destrucción y por el milagro.

52

—¿Te acordás de la primera vez que hablamos? —preguntó Nana.

—Sí, fue por el asunto ese de las hadas —respondió Antonio.

Cuando dejó a Maca y el señor Franco, Antonio volvió a su casa, pero no entró en su habitación, sino que subió al tejado de una vez. Nana estaba allí, tendida sobre una colchoneta y envuelta en una sábana. Antonio se sentó en el borde. Nana le entregó otra sábana que tenía doblada junto a ella.

—¿Te diste cuenta de que era una excusa de mierda?

—No.

—¿No?

—No. Pensé que te interesaban esos temas. Decían que eras rara, además.

—¿Quién decía eso? ¿Alguna vieja de la iglesia? Todas son unas putas.

—Mi hermana, sus amigas, no sé, decían que te gustaba la brujería.

—Me gusta, pero eso no me hace rara. La gente habla pendejadas que no sabe.

—Suele pasar.

Una tarde, llamaron a la puerta y, al abrir, Antonio se encontró con Nana. En esa época, apenas cruzaban un saludo si coincidían en la tienda o en el autobús. Pese a ello, Nana lo saludó como si fueran viejos amigos: *¿Qué tal, Antonio?*, y le preguntó si tenía un libro que hablara sobre hadas. Antonio preguntó a su vez si lo que ella quería era una novela o un libro serio sobre el tema.

—¿Y hay libros serios de eso?

—Hay libros serios de todo —respondió Antonio.

Dos días más tarde, Nana estaba sentada en la puerta de su casa cuando Antonio apareció; lo llamó con un silbido y él se acercó. Luego de saludarla, el chico sacó de su mochila un libro de la biblioteca de la Universidad.

—¿Y esto? —preguntó Nana cuando Antonio le ofreció un ejemplar de *El dios de los brujos*, de la antropóloga Margaret Murray.

—Dicen que habla sobre hadas. Yo qué sé, no lo he leído. Me dijeron que está bien. Y quedaron de conseguirme uno que se llama *La comunidad secreta*, que lo escribió alguien que vivió con las hadas.

—¡Ah! ¡Qué lindo! —exclamó Nana, y se echó a reír—. ¿Fuiste a la biblioteca a preguntar sobre hadas porque te pregunté?

Antonio enrojeció. Nana, que estaba sentada, se puso de pie. Se acercó a Antonio, le puso la mano en el hombro y lo atrajo hacia ella. Fue un abrazo torpe, más por culpa del chico.

—Bueno, no es nada —dijo Antonio.

—Vas a decir que soy una cabrona, pero sabía que ibas a hacer algo por conseguir lo que te pidiera. Tengo mis intuiciones de bruja.

—Solo te hice un favor.

—¿Te parezco muy morra? —lanzó Nana, de pronto.

—¿Morra?

—Muy menor, muy niña, muy poca cosa.

—No entiendo, Nana.

—¿Sabés qué me parecés vos a mí?

—No sé —dijo Antonio.

—Me parecés bien triste. Eso me parecés.

—¿Entonces?

—Entonces, ¿qué? —preguntó Nana.

—Eso digo yo, ¿entonces qué? ¿Vas a leer el libro o me lo llevo?

—No, no; lo leo, lo leo —se apuró a responder la chica.

Días más tarde, Nana llamó a la puerta de la casa de Antonio para devolver el libro, pero no hablaron, pues estaba Lucy, y fue ella quien recibió el ejemplar y le dijo a Nana que Antonio se encontraba en el baño.

A lo lejos, se escucharon otras sirenas. Antonio sacó su teléfono de la bolsa del pantalón. Lo encendió y comprobó si tenía algún mensaje de Lucy. Lo hizo sin esperanza, casi por inercia. Nada. Ni una sola palabra. Lo dejó entonces junto a sí.

—Cuando te fui a devolver el libro, tu ex no me dejó hablar con vos.

—¿Mi ex?

—La Lucy esa.

—No sabía que era mi ex —dijo Antonio.

—¿No? ¿Acaso no está por irse al norte? Pensé que ya era tu ex.

—La verdad es que ya no sé qué somos o qué no somos.

—En Twitter anunciaron que la temperatura bajaría a cero grados en la madrugada —anunció Nana, cambiando el tema de manera abrupta, como solía hacerlo.

—¿Tanto así?

—Sí, así como lo oís, y a mí se me ocurrió una cosa.

—¿Qué cosa, Nana?

—Primero pensé si era buena idea hacer una fogata, y después el cerebro se me disparó, como siempre, y me puse a pensar cómo podía darle fuego a toda la ciudad. Y me hice todo un plan.

—¿Y eso para qué, Nana?

—La pregunta es ¿por qué no?

—No creo que eso sea posible —dijo Antonio.

—Hice mis cuentas y todo —siguió Nana—. Para empezar, el mejor día para hacerlo sería el 1 de enero.

Cuando dijo la fecha, Nana se revolvió bajo las sábanas y luego se sentó, cubierta por la tela como una fantasma;

a continuación se sacó las sábanas de la cabeza, pero siguió envuelta, sentada con las piernas cruzadas.

Antonio se giró un poco y quedó de frente para escucharla.

—¿No están los bomberos en alerta ese día? —le preguntó.

—No. Hay tanta pólvora que están alerta los días 24 y 31, y tal vez el 23 y el 30; pero lo importante del día 1 es que están cansados, han pasado toda la temporada de las fiestas trabajando, esperando una emergencia. El día 31 seguro no durmió ni uno solo de ellos, así que llevan unos días hechos pedazos. Por eso el día 1 están acabados, y seguramente la mayoría, nueve de cada diez, están en su casa durmiendo.

—Entiendo, tenés el día.

—Tenemos el día, sí —afirmó Nana.

—¿Y qué sigue, Nana?

—Sigue el cómo. San Salvador está rodeada por la cordillera del Bálsamo al sur y el volcán al occidente. Y también está el cerro San Jacinto. En este no hay casas, así que no importa mucho, pero sería nuestro señuelo. En la cordillera y el volcán sí hay casas, casas de millonarios, lo que es mejor. Ahora necesitamos gasolina. Y gente. Mucha gente.

—¿Cuánta gente?

—Cuadrillas de veinte, por ejemplo —dijo Nana, más animada cada vez—. O de diez. Desde semanas antes se dejarían botellas con gasolina. ¿Dónde? En diez puntos del San Jacinto y diez de la cordillera del Bálsamo y diez en el volcán. Lo primero, el San Jacinto. Diez incendios. Pero, media hora más tarde, el volcán y la cordillera al mismo tiempo. Mientras los pocos bomberos están tratando de apagar lo que sucede en el San Jacinto, los otros incendios van a avanzar cada vez más, arrasando todas esas putas mansiones.

—Usando la gasolina, aquello ardería en un minuto.

—Árboles secos, pues no llueve en diciembre. Brisa, que siempre hace. Y mucha gasolina en puntos clave. Y los bomberos en sus casas. ¿Y qué más? Docenas de bombas hechas con botellas de gaseosa y más gasolina. Y treinta como nosotros tirando eso a las casas del centro. Cuarenta casas incendiadas en el centro, que en minutos serían ochenta, ciento sesenta, trescientas veinte. El apocalipsis.

—Todos esos edificios viejos quemándose —exclamó Antonio.

—Precisamente. Y puede ser más. Podemos ser más de cuarenta. Podemos ser cien. Podemos organizar lo mismo en Soyapango, Lourdes, San Jacinto y San Marcos.

—Sí, sería todo un apocalipsis, porque también está el humo. Fuego y humo. Y no existirían suficientes bomberos. Y las fábricas de pólvora podrían ser un objetivo.

—Sí, buen punto, Antonio —dijo Nana—. Buen punto. Y puedo organizarlo. Te juro que creo que puedo.

Nana se recostó sobre el pecho de Antonio y este la dejó hacer. Llevaba un suéter de hilo, unos jeans y unas zapatillas All Star de lona color negro. Metió las manos en los bolsillos y miró a Antonio.

—Si tuvieras que oír una sola cosa por un año entero, ¿qué preferirías, Antonio, perreo o jazz?

—A mí no me gusta el jazz —respondió Antonio.

—¿Preferirías perreo?

—Preferiría morirme y preferiría no contestar pendejadas.

—¿Te sucede algo?

—Sucede todo —dijo Antonio.

—¿Querés que me vaya?

—No.

—No lo parece.

—Mejor sigamos con lo del incendio, estaba interesante.

—¿Te parezco una niña virga?

—Ayer, no.

—Y hoy ¿sí?
—Hoy tampoco, Nana. No es eso.
—Te gustó lo del incendio, ¿cierto?
—Sí, me gustó. Podríamos seguir con eso, Nana.
—Sos tan bueno conmigo.
—No soy bueno.
—Lo sos. Para mí, sos lo mejor del mundo. Me anima hablar con vos. Me pone a cien, bueno, a mil.

Antonio cerró los ojos y respiró el aire frío.

—Vos sí que sos algo bueno para mí —dijo.

Nana lo observó por un minuto sin decir nada. El aire frío sopló y ella tiritó. Supo que no podían estar mucho rato a la intemperie, pero resistiría lo más posible.

—¿Estás cansado, Antonio?
—No. O no sé. Quizá solo estoy aburrido.
—¿De qué?
—De todo, Nana.
—¿Vamos a quemar la ciudad?
—No creo.
—¿Por qué?
—No tengo tiempo, Nana. Y no creo que se pueda.
—Lo tengo todo planeado, sabés que sí.
—Nana… Qué loca sos —dijo Antonio con dulzura.
—La alegría de la fiesta —lo secundó Nana.
—Nana, ¿me extrañarías si me fuera?
—¿Vas a irte? No me jodás, Antonio, decime la verdad.
—Todos nos vamos. Tarde o temprano, todos nos vamos, Nana.
—¿Te vas a ir a Estados Unidos también, como esa novia tuya?
—No.
—¿Seguro?
—Seguro.
—¿Y entonces?
—Solo preguntaba por preguntar, por saber.
—Me muero —exclamó Nana—. Si te vas, me muero.

—Es bueno saberlo, Nana —susurró Antonio.

Antonio cerró los ojos y trató de no pensar en nada y dejar atrás a Lucy y al resto, pero las imágenes no lo dejaban tranquilo. El miedo que le provocó Puskas en casa de Tomás, el discurso del señor Franco, las risas de Maca cuando habló sobre Nana, su amigo Tomás en la oscuridad, Sonia condenada otra vez, la misma Nana, de la que podía sentir su aroma joven, dulce, tibio. Aspiró el aire frío y el rostro de Lucy llegó a su pensamiento como un destello. *¿Es posible que no vuelva a verla más?*, se preguntó. Apenas podía creer que en verdad se marcharía. Era una realidad que no estaba resuelto a enfrentar. En el fondo, seguía sin creerlo. Se sintió débil. Se sintió cansado. Recordó a su hermana Julia, que se iría pronto a trabajar a una casa, idea que él detestaba. Se sintió vencido, supo que no quería deprimirse. La cabeza de Nana apretaba su estómago, ¿qué ocurriría con ella? Prefirió no pensar. Estaba solo. Se sintió solo, pero Nana estaba allí, en la oscuridad, tendida junto a él, respirando al unísono, venciendo el frío, mientras todo alrededor se derrumbaba, mientras el mundo se derrumbaba a sus pies, mientras el frío se volvía una tormenta. Estiró la mano y tocó el cabello de Nana. Ella tomó su mano. Y permanecieron así, sin decir nada, unos minutos, hasta que la chica dijo que bajaría porque no soportaba el frío, así que ambos se levantaron y caminaron cada quien por su lado del tejado y bajaron. Esa noche, Antonio escribió a Nana para desearle las buenas noches. Y ella respondió de inmediato. Pese a ello, cuando echó la cabeza en la almohada, no pensó en Nana sino en Lucy. En silencio, se echó a llorar como un niño pequeño. Desconsolado. A la vista de nadie.

Cuarta parte

53

Así que estaban el hombre y el chico. El hombre era un asesino y el chico también. El hombre hacía el café por la mañana y al chico lo despertaba el olor escandaloso que llegaba de la cocina. A continuación, el chico se ponía de pie, pasaba al baño a escupir y orinar y, aún sonámbulo, se acercaba a la cocina, cogía su taza y se servía algo de café; entonces salía a la pequeña terraza, donde ya estaba el hombre. A esa hora, las sillas estaban dispuestas para mirar al occidente, así que jamás veían la salida del sol. Entonces el hombre siempre hablaba de otras épocas, del hielo de Alaska o de los glaciares en la Patagonia o de las focas que cazaba después de medianoche. A veces hablaba de su niñez, esos años en que acompañaba a su padre al cerro San Jacinto para cazar venados o a recoger cangrejos a la orilla del río Acelhuate. El mundo era otro, aseguraba.

—¿Cómo es la carne de oso? —preguntaba el chico.

—Es buena —decía el hombre—, parecida a la del venado.

—¿Y cómo es la del venado? —seguía el chico.

—No tan buena como la de los cerdos, pero no está mal. No hay nada mejor que la carne de un cerdo que ha vivido en la basura, comiendo mierda y desperdicios. No hay nada mejor. Te lo digo yo.

—Te creo —decía el chico. Y en verdad lo creía.

El hombre también cocinaba el almuerzo. Obligaba al chico a tomar sopa casi cada día. Lo acostumbró al picante. A los fideos. Tenía una olla de barro donde preparaba la sopa que comían sentados a la mesa, mientras hablaban de días pasados y hacían planes sobre posibles viajes o especulaban sobre el futuro.

—¿Qué creés que suceda, Maca? —preguntaba el hombre.

—A veces creo que un día van a venir a llevarnos presos a todos. O van a provocar una guerra para matarnos a todos —contestaba Maca—. Y a veces creo que a lo mejor nos dejan tranquilos. Los de arriba también son personas, tendrán corazón.

—¿Has comido un corazón vivo, muchacho?
—Nunca, ni lo haría.
—Nuestros ancestros lo hacían. Yo lo hice. Un corazón aún palpitante, caliente. Te llena de fuerza, te lo juro.
—¿Sí?
—Sí, te lo juro.
—¿Un corazón de cerdo o de vaca? —preguntó el chico.
—De hombre —respondió Franco—. Solo así funciona. Eso hacían nuestros ancestros; no somos quiénes para cambiarlo.

Una madrugada, escucharon unos disparos mientras veían una película de los años treinta, muda, en blanco y negro. La cinta mostraba el Nueva York de esa época. Al llegar a una escena en la que cortaban la mano a un personaje que era torturado por unos mafiosos, Franco aseguró al chico que en esos años no existían los efectos especiales, y que el actor seguro tuvo que donar su propia mano, por amor al arte.

—¿Es en serio? —preguntó Maca.
—Sí, pero esa gente era de otra calaña. Eran artistas de verdad.
—¿Y dejó que le cortaran la mano? No lo puedo creer.
—Ya te digo que sí. La gente de antes era distinta, creía en esas cosas, en los sacrificios por el arte.

En la escena, dos hombres enmascarados tomaban por la fuerza a un tercero y colocaban su brazo al borde de una mesa; uno más aparecía llevando un hacha consigo, la cual dejaba caer sobre la mano del capturado para cortarla de un tajo. De inmediato, la cámara enfocaba el rostro del agredido, que, horrorizado, gritaba con todas sus fuerzas. Gritaba tanto que, de alguna manera, Maca y Franco lo escucharon; sobrepasó la mudez de la cinta y su alarido resonó en el cerebro de ambos.

—¿Pudiste oírlo? —preguntó el viejo al chico.

—Sí que pude —fue la respuesta del muchacho.

Poco después, escucharon los disparos. El viejo apagó la televisión y la única lámpara encendida en la casa. Llevó al chico a una habitación y sacó dos fusiles del fondo de un armario empotrado.

—Eso es al final del pasaje, por el predio baldío —dijo Franco. El chico asintió. Se escucharon más disparos. Muchos más—. Te quedás aquí y yo voy a salir, pero vos no te vayás a mover. Si uno que no sea yo se asoma por esa puerta, le arrancás la cabeza.

—¿Estás loco? No podés salir —advirtió Maca—. ¿Para qué?

—Tengo que ir —dijo Franco.

—No es el momento para eso. ¿A qué vas? ¿Por qué? Esto no es una película. Aquí no hay héroes.

—Vos no sabés nada, Maquita; quien sabe soy yo.

—¿Estás oyendo la balacera? —insistió Maca—. No sabemos ni cuántos son ni quiénes. No sabemos nada. ¿Qué pasa si es una docena de policías? Salir es suicidarte. Vos mismo me has dicho antes que a esas cosas no se puede ir a ciegas.

Escucharon el sonido de los que se alejaban, pues muchos corrieron junto al muro de la casa y el ruido de las botas resonó con claridad. El señor Franco apartó a Maca de un empujón y salió, y el chico fue tras él. Pero lo que hizo Franco no fue seguir las sombras que corrían, sino subir al tejado. Se tendió y apuntó a la oscuridad.

—Por favor —dijo el chico, desde abajo—. Por favor, no vayás a disparar.

Unos diez minutos más tarde, el viejo se arrastró por el tejado y bajó. Caminó hasta la terraza, donde encontró que la fogata que había encendido al oscurecer casi se apagaba, y empezó a avivar el fuego.

—¿Oís a la gente? —preguntó el señor Franco. Llegaba a ellos un rumor que se hizo una multitud de gritos desconsolados.

—Siempre es lo mismo —dijo el chico.

—Este es el infierno —sentenció Franco—. Es insoportable no hacer nada.

—¿Quién sabe quiénes fueron? —dijo Maca.

—Estos fueron soldados o policías. Oí bien las botas, eran botas de soldado. Y llevaban chalecos. Lo sé porque los pasos al caer eran pesados, pero no transpiraban, así que no eran gordos; estaban en forma y llevaban fusiles automáticos, pues sonaban igual a los fusiles que tenemos.

—Pobre gente —siguió el chico.

—Pobre gente, no. A los que persiguen son asesinos. ¿Vamos a culparlos por eso? No. Pero tampoco vamos a permitir que esos hijos de puta vengan aquí cada vez que quieran. Esto es una guerra, hijo. ¿Y quiénes son los malos? Ya no sé. ¿Son malos los que preñaron a la mujer de Tomás? Pues sí. ¿Son malos los que la condenaron a treinta años de cárcel? También. Y no sé quiénes son peores. Y no sé si no son malos y solo son idiotas. Para mí ningún bando vale nada. Nada. No daría nada por ninguno de ellos. Nosotros, hijo, somos de otra clase. No tenemos nada que ver con este montón de imbéciles que rezan en la iglesia y después violan a sus propios hijos. Todos merecen la muerte. Si pudiera, les sacaría el corazón a todos. La próxima, no me digás que no puedo disparar. No me digás nada.

—Pero, si disparabas, iban a venirse encima de nosotros —se defendió el chico—. Eran muchos. Nos hubieran aniquilado.

—No, eso no hubiera sido así. Si nos venían a buscar, ellos estarían plantados en el jardín con la puta figura de la muerte quemándoles las malditas pupilas. Eso hubiera pasado.

—Pero eran muchos, Franco; lo mejor era dejar que se fueran.

—¿Te dio miedo? Porque yo no acepto eso; nosotros no podemos tener miedo. No podemos tener miedo a la oscuridad porque somos la oscuridad, hijo. ¿No has entendido eso todavía? Nosotros no podemos tener miedo porque somos el motivo del miedo. Nosotros, no ellos. Somos unos putos héroes. Ya quisiera ver yo a un gringo de esos o a un japonés quedarse tres días en una ciudad como esta. Tendría pesadillas el resto de la vida, y eso en el caso de que sobreviva. Pero nosotros vivimos aquí y ya ni siquiera lo notamos. Estamos acostumbrados a cosas que horrorizarían a cualquiera. Eso debe ser un superpoder. Te digo, somos unos putos héroes, y esta es nuestra vida triste. Pero aquí seguimos, hijo, sobreviviendo como jinetes en la tormenta.

54

Sonia tiritaba de frío cuando despertó, y le dolía todo el cuerpo. Hizo un esfuerzo por incorporarse y alcanzar una bolsa de ropa que tenía junto al colchón, a la derecha, para sacar dos, tres camisas con las que se envolvió las piernas; luego, unos calcetines, que usó como guantes, y una toalla, que enrolló alrededor de su cabeza. Se echó y apretó los labios tratando de resistir.

—Niña, ¿qué te pasa? Estás temblando —susurró Ingrid.

—¿Cómo puede hacer tanto frío?

—Es el cambio climático, ya sabemos. ¿Oís? Ese pendejo no se cansa —dijo Ingrid.

Se refería al pastor de una iglesia cercana, que predicaba con la ayuda de un micrófono. Al menos una vez por semana, desde la medianoche hasta el amanecer, lo escuchaban gritar sus frases sacadas de la Biblia mezcladas con la amenaza del inminente apocalipsis. También podía oírse a un grupo de mujeres cantar alabanzas o emitir sonidos ininteligibles en lo que se suponía eran antiguas lenguas, cosa que ocurría cada ocasión que su líder pedía que el espíritu de Dios hablara a través de ellas. Las reclusas no escuchaban jamás las prédicas habituales de los domingos por la mañana, pero, en el silencio de la madrugada, el bullicio de la iglesia llegaba hasta ellas con meridiana claridad.

—Cómo grita —se quejó Sonia—. Más que nunca.

—Todos son iguales, y debería estar prohibido que usen parlantes, más a estas horas. No sé cómo no les dicen nada.

Ingrid se acercó a Sonia hasta situarse tras ella.

—Arrimate a mí, niña, vení —le dijo.

Sonia así lo hizo. Sintió la pesada presencia de la amiga, quien la abrazó.

—Voy a intentar dormirme un rato más, que ya casi amanece —anunció Ingrid.

—También yo —dijo Sonia. Ambas callaron. Amanecía. En la lejanía, una voz de hombre anunciaba la inminente segunda venida de Cristo.

55

Tomás despertó y sintió una mano enorme y fría que sostenía la suya. Llegó hasta él un tufo amargo y no supo si venía de quien tomaba su mano, del lugar o de él mismo. Escuchó una especie de susurro ininteligible y creyó que era el viento en los arbustos. Comprendió que no podía moverse. Recordó de algún modo que los demonios despedían un tufo tan desagradable como el que sentía en ese instante. Intentó mover la cabeza, pero no pudo. Hizo un segundo esfuerzo, y movió con enorme dificultad el brazo izquierdo. Esperó un poco y luego se giró sobre sí mismo para ponerse de espaldas a la presencia que podía percibir. Lo logró y solo entonces abrió los ojos y observó la pared de la cisterna, junto a la cual estaba su cama. Percibió una débil luz que llegaba desde la puerta y aún tardó unos segundos en comprender que alguien lo llamaba por su nombre. Volvió la cabeza con una lentitud de la que no fue consciente.

—¿Estás bien, m'hijo? —susurró la señora Marta—. ¿Estás bien? ¿Tenés hambre?

La silueta de su abuela se hizo visible para él a través de la luz de la lámpara que la mujer sostenía.

—Abuela —susurró Tomás—. ¿Y mi hermano, abuela?

—Te traje unas sábanas y café con leche, como te gusta.

—Abuela, ¿qué hora es?

—Son las seis y media de la mañana. No pude venir ayer, hijo.

—¿Qué pasó, abuela?

—Tenés que sentarte, así te tomás el café con leche.

—Café con leche —repitió el muchacho.

—Le puse azúcar y canela, y te traje dos panes con huevo.
—No tengo hambre, abuela.
—Pero si no has comido desde ayer.
—¿Qué pasó ayer? ¿Por qué no pudiste traerme comida? —quiso saber Tomás.
—Tenés que irte de aquí ya mismo, como sea. Voy a llamar a tu hermano hoy, él tiene que ayudarte. Y voy a hablar con una ONG que me dijeron que ayuda a los perseguidos a salir del país. Quizá puedan enviar a la policía a sacarte. Y tu hermano, pues quiera o no quiera, tiene que ayudarte. Tiene que entender que ya no te podés quedar aquí.
—¿Por qué, abuela? Dígame qué pasó.
—Agarrá la taza, hijo. Está caliente y te va a hacer bien.
—Abuela, no podés llamar a ninguna ONG si vos no te venís conmigo.
—A mí no me van a hacer nada.
—Estás loca si pensás eso. ¿Qué pasó ayer? ¿Vino alguien?
—Sí, hijo, sí. Ya sabés cómo es acá, una no puede hacer nada, y unos muchachos están viniendo a molestar —confesó Marta.
—¿A molestar?
—A buscarte. Vienen a buscarte y, como me ven sola, se quedan aquí y no les importa. Por eso tenés que irte ya. Voy a hablar con tu hermano hoy mismo. Mirá, tenés que sentarte. El café está caliente, ya te dije.

Tomás intentó incorporarse. Se sintió desconcertado, mareado. Aspiró y el aire entró a sus pulmones. No le importó que el olor fétido siguiera allí.

—¿Huelo mal, abuela? —quiso saber—. Siento que apesto.
—No, hijo, no sos vos, es todo alrededor.
—¿Todo alrededor?
—Sí, hijo, sí, todo, la calle, las casas, todo apesta a alcantarilla.

Tomás sostuvo la taza con ambas manos, bebió un sorbo y luego tomó uno de los panes, que comió despacio. Mientras lo hacía, pensó en Sonia, la observó sentada a la mesa comiendo una sopa, una imagen sin tiempo, irreal.

—¿Y Sonia, abuela?

—¿Sonia? Julita quería que le escribieras una carta. Pobrecita la Sonia, hijo. Deberías escribirle, nada te cuesta. Eso me dijo también Antonio.

—¿Sabés si está bien?

—Bueno, sí, está bien, pero ya ves…

—¿Está bien o no, abuela? No me mienta con eso.

—Que sí, hijo, que sí, la Sonia está bien, tiene buena salud, según dicen, pero está encerrada, y, aunque esté bien, está mal, está triste. Vos sabés.

Tomás comió y bebió sin hablar. Luego de unos minutos, la señora Marta dijo que debía subir, que tenía miedo de que los tres chicos volvieran, que no podía arriesgarse a que la encontraran abajo.

—Voy a hablarle a tu hermano en un rato. Tengo que convencerlo de que nos ayude.

La abuela subió las escaleras con enorme dificultad, pero Tomás fue incapaz de moverse para ayudarla. Al llegar arriba, cerró la puerta con el cuidado de no hacer ruido. Entonces la oscuridad volvió a llenar todos los espacios del lugar, se metió bajo las sábanas, bajo la cama, cubrió la superficie de los ojos abiertos de Tomás, se deslizó a través de su piel como agua fría, enferma, insolente, apestosa, entró en los pulmones y la boca del chico, se alojó en su caja torácica, apretó su corazón hasta que se acomodó a los latidos, estirándose y contrayéndose. Tomás permaneció sentado sobre la cama, en silencio y con los ojos abiertos, escuchando el sonido de lo que ocurría alrededor, de las ratas que corrían o rasgaban la pared que lo separaba de ellas, e imaginó cientos de ratas, chillando y mordiéndose unas a otras.

56

Antonio escribió un mensaje a Lucy, lo borró y luego escribió algo más, pero no se atrevió a enviarlo. Apagó su celular, lo guardó en la bolsa de los jeans y llamó a la puerta de la casa de la señora Sombra.

—Ese lucero ya brilla para otro cielo, Antonio —dijo Sombra al salir de casa, como si hubiera visto lo que el chico escribía.

La temperatura era de seis grados. Hojas llenas de escarcha colgaban de los árboles. En la esquina, algunos chicos se calentaban alrededor de una fogata. Un olor de madera quemada flotaba en el aire. Antonio usaba dos camisas y un suéter. A diferencia de otros días, no ofreció su ayuda a Sombra, y empezó a andar con las manos en los bolsillos.

—¿No me oíste, niño? —insistió Sombra.

—Sí, pero no quiero hablar de eso —musitó Antonio.

—No quiero joderte, de verdad, pero me preocupa porque tenés el aura hecha un charco. Vos sabés que puedo ver esas cosas, verlas y hasta olerlas, y vos sos una ciénaga ahora mismo. O, más bien, un cuerpo en medio del agua inmunda. Así te veo, hijo, y no me gusta nada. Vos no sos eso.

—Ya va a pasar. Ya se va a arreglar todo.

—Si no ponés de tu parte, no. ¿Te das cuenta?

—Creo que sí.

La señora Sombra trastabilló en una grada y Antonio sacó su mano izquierda y la tomó del antebrazo.

—Cuidado —exclamó.

—No pasa nada —respondió ella.

Sin embargo, el chico no retiró la mano del antebrazo de la mujer.

—¿Sabés qué me gustó la otra vez? —siguió la señora Sombra.

—¿Qué le gustó?

—Que te vi hablando con la niña esa tan bonita, tu vecina, la que dice que quiere ser bruja.

—Es bruja.

—Sí, cómo no.

—Es lo que ella dice.

—Te veías distinto hablando con ella —dijo Sombra—, como con otro brillo. Eso me gustó. Es linda la niña. Deberías hablar más con ella.

—Sí, tal vez —murmuró Antonio.

Sombra tenía el cabello largo, descuidado, blanco por las canas. Vestía faldones oscuros, a veces hasta los tobillos. En el verano le gustaba andar descalza, salvo cuando tenía que visitar a alguna clienta.

—¿Cuándo se va tu muchacha?

—En quince días, creo, o eso me dijo, pero ya no estoy seguro porque no ha vuelto a escribirme. A lo mejor ni se va.

—¿Puedo decirte una cosa?

—Pues sí, dígame.

—Si no lo hago por joderte, niño, te lo juro.

—Si lo sé, señora. Es solo que hoy estoy muy jodido y no quiero hablar mucho. Amanecí así. Es como un sentimiento feo que tengo bien adentro.

—No todo es sentimiento en esta vida, a lo mejor es presentimiento. Tal vez algo va a ocurrir, aunque no tiene que ser algo malo, solo difícil, pero que luego trae algo bueno.

—Podría ser, pero estoy como muerto por dentro.

—Mirá, Antonio, lo que quiero decirte es que, si una mujer no se quiere ir, no se va. Se queda, aunque sea a comer mierda. Así que, si tu niña se quiere ir, es porque quiere. Y sí, está esa cosa que dicen todos de que aquí nadie tiene futuro, eso es cierto, no vamos a negarlo, este país ya está perdido, te lo he dicho cien veces, este país se está yendo a la chingada desde hace un buen rato. Pero lo que quiero decirte es lo que ya dije: si se quisiera quedar, se quedaría, aunque sea para estar en la mierda los dos. Si se va es porque quiere. Por eso te digo, ya ese lucero brilla en otro cielo, en cualquiera menos el tuyo. Así que, en conclusión, mi niño, deberías arrancarte la puta tristeza como se arranca una espinilla, destripándola, y ya está. ¿Tenés cuánto, veinte, veintiuno? ¿Cuánto?

—Tengo veintiuno ya —musitó Antonio.

—Apenas veintiuno, Antonio. Si ahora empezás todo lo bueno —exclamó con buen ánimo la señora Sombra.

—Pero si usted dice que ya no queda tiempo, que todos nos vamos a morir.

—Yo no dije eso.

—Lo ha dicho cincuenta veces.

—Yo no dije que todos nos vamos a morir, solo dije que este lugar no tiene destino, y eso es distinto. Además, siempre hablo muchas tonteras. Puede que nos queden veinte años o cien. No se puede saber. Pero, bueno, no te voy a mentir, también es verdad que todo esto está muy jodido y no hay manera de arreglarlo, eso sí lo sé. Este país ya no es un país. Este país es un campo de batalla. Siempre lo ha sido, quizá. Pero lo que quiero es que no estés así, necesitás iluminarte un poquito.

—Yo lo sé, pero de verdad creo que ya no importa.

—Sí que importa, hombre. ¿Cómo no va a importar? Sí que importa.

Frente a la casa de la señora Marta, media docena de mujeres, todas ellas con la cabeza envuelta en pañuelos blancos, rezaban de manera bulliciosa, guiadas por un hombre que sostenía una Biblia. A su alrededor se acumulaban restos de platos de cartón y hojas de plátano de las que se ocupan para envolver tamales; docenas de vasos, cubiertos desechables y velas llenaban una caja en medio de la acera. Antes de llamar a la puerta de la casa de su amiga, la señora Sombra les dijo a las mujeres:

—Griten más, tal vez así lo traen de regreso al muertito.

Antonio, sorprendido, tocó la puerta de inmediato. Ni se volvió a mirar ni dijo palabra alguna. El pastor y las mujeres que rezaban, tampoco.

57

—Hola, Sonia, buenos días —saludó la abogada.
—Buenos días, señora —dijo Sonia—. Qué temprano ha venido.
—Me dicen que no has estado comiendo, Sonia, y eso me tiene preocupada. Así que vas a tener que contarme cómo estás. ¿Estás bien?
—Estoy bien, señora. ¿Me trae noticias?
—¿De verdad estás bien? Te pregunto porque te veo demacrada. Hay que comer lo mejor posible, y más con este frío que está haciendo.
—Estoy bien —insistió Sonia—. Ni siquiera he pasado frío.
—Sé que hubo una pelea. ¿Tuviste algún problema?
—No, señora.
—Hay una reclusa lastimada, pero está bien. ¿Vos no has tenido problemas con nadie?
—No, señora.
—Porque, si es así, tenés que decirme. Es importante.
—Yo sé, pero no, no he tenido problemas.
—Bueno, bueno. Voy a tener que creerte, Sonia. Pero ya sabés.
—Yo sé, señora —dijo Sonia—. Dígame, ¿se sabe algo?
—Sí, sí, ya voy —respondió la abogada—. Vine a esta hora porque necesito decirte algo. Les había pedido a todos que no te dijeran nada porque me daba miedo que te deprimieras más de lo que estás, pero bien, en fin, lo que pasó es que no vamos a apelar.
—Me lo imaginaba —susurró Sonia.

—No es el momento para hacerlo —siguió la abogada—. Lo hemos intentado, Sonia, pero la verdad es que no tenemos un caso fuerte ahora mismo. Ahora bien, no pensés que nos vamos a quedar con los brazos cruzados, estamos moviendo cielo y tierra aquí, y afuera también. Hay mucha gente de organizaciones de derechos humanos que nos apoya. Y la prensa también, no toda, pero hay muchos medios importantes hablando del tema. El *New York Times* escribió algo sobre los casos de aborto en El Salvador, y también han salido artículos en periódicos de todas partes, de México, de España, la BBC de Londres. Hay mucho ruido, Sonia. Y esa presión ayuda. Ayuda mucho, porque mantiene el debate sobre la mesa. Lo que sucede en este país es injusto de muchas maneras, y la gente afuera lo sabe…

En algún momento, Sonia dejó de escuchar. Miraba a la abogada, pero no podía oír lo que decía, solo la observaba gesticular, mover los labios, las manos. No escuchaba nada a su alrededor, ni las vociferaciones de las custodias, ni las puertas que se cerraban y abrían, nada salvo, más allá, el paso del aire. Sonia pensó en las nubes, en la lluvia, en el frío que recreó en su mente como una nube enorme y transparente.

Si alguien le hubiera preguntado *¿Qué escuchás, Sonia?*, ella habría dicho que el viento, el viento del norte chocando contra las montañas, quebrando sus bordes; el viento semejante a un inmenso elefante de gas. Incluso, cuando se despidió de la abogada, no escuchó sus palabras amables, que adivinó a través de sus gestos.

58

—Mataron a alguien, ¿cierto? —preguntó Tomás.
—Al hijo de la mujer de la tortillería —respondió Antonio.
—Ya, bueno, se veía venir, ya sabemos.
—Pues sí. ¿Y vos qué, estás bien? Has pasado frío. Nunca había sentido tanto frío en la vida.
—Creo que deberías subir —dijo Tomás.
—¿Te pasa algo?
—Mi abuela me dijo que están viniendo a buscarme, imagino quién.
—Sí, yo sé.
—Es peligroso que estés aquí. Si vienen y estás aquí, ya sabés.
—Solo voy a estar un momento —dijo Antonio.
—Bueno, pero no deberías.
—Qué vida, cómo se ha ido todo a la mierda —se lamentó Antonio.
—Creo que siempre estuvimos en la mierda —dijo Tomás.
—Supongo que sí —concedió Antonio, que estaba ya bajo la escalinata y miraba hacia arriba, hacia la luz que entraba a través de la rendija—. Tomás, ¿vas a estar bien?
Cuando el chico asintió, Antonio volvió a preguntar:
—¿Vas a estar bien?
—Voy a estar bien, sí. ¿Y vos?
—Supongo que sí.
—¿Has sabido algo de Lucy?
—No.
—¿Y de Sonia? ¿Sabés algo de Sonia? ¿Sabés si está bien?

—Pues está donde está. Decir que está bien es una contradicción, pero digamos que sí, está bien.

—Mi abuela me ha pedido que le escriba.

—Deberías hacerlo.

—Sí, necesito hacerlo. Aunque sea una carta de despedida.

—No digás eso, Tomás.

—¿No te das cuenta de que, pase lo que pase, va a ser una carta de despedida? Si me quedo, despedida. Si me voy del país, igual. Si me encuentran y me matan, lo mismo. No hay manera de que no sea una carta de despedida.

—Ya, entiendo.

—Es lo que hay.

—Pues sí —agregó Antonio—. Voy a subir, amigo. Nos vemos pronto.

—Nos vemos.

Antonio subió la escalinata, abrió la puerta, salió y cerró, tratando de no hacer ruido. Puso sobre la puerta los periódicos viejos, las ollas habituales, los montones de ropa. Entró entonces a la casa. Saludó. Anunció que tenía que irse, que no bebería café. Las señoras Marta y Sombra se despidieron de él. Y salió de la casa. Las mujeres afuera seguían rezando. No las saludó. Revisó otra vez su teléfono. Tenía un solo mensaje, de Maca. No quiso leerlo. Caminó hasta la parada de autobuses. Subió a uno y se sentó al lado de una mujer con uniforme de oficina. Apoyó la cabeza en la ventana y miró las calles, las esquinas donde se levantaban pequeños fuegos, una ambulancia, los otros autos. El día era gris y las nubes parecían cargadas de lluvia. Miró su teléfono y comprobó que la temperatura rondaba los siete grados. Una noticia daba cuenta de los muertos debidos a las bajas temperaturas, pese a los esfuerzos del gobierno. Se recomendaba a la población no salir de casa por la noche, pues se esperaba un nuevo descenso hasta los cero grados. En aquellos días las bajas temperaturas eran también noticia, en un país acostumbrado a una temperatura promedio anual de veinticinco grados. Hasta el clima se había ensañado con nosotros.

Antonio bajó del autobús, entró en una cafetería y se compró un café con leche. Buscó algo que leer en su teléfono. Lo intentó, pero no lograba concentrarse.

El teléfono vibró con un mensaje. Era de Nana.

¿Qué hacés, Antonio?

No mucho, escribió el chico.

Dejó el teléfono sobre la mesa. Bebió un sorbo de café. Miró hacia la calle, donde un conductor de autobús discutía con una mujer. El autobús atravesaba de un carril a otro y no dejaba avanzar a la mujer, que manejaba un Corolla blanco. Otros automóviles sonaron sus cláxones, fastidiados. Antonio sintió que el teléfono vibraba. Pensó preguntarle a Nana qué estaba haciendo, por si quería encontrarse con él. Cogió el teléfono con la intención de escribirle. Pero el nuevo mensaje no era de Nana, era de Lucy.

59

Franco estaba sentado en la terraza, junto al muro que no medía más de un metro cincuenta. Desde allí podía vigilar la calle, pero en ese instante miraba hacia la lejanía, al volcán que dominaba la ciudad en el occidente. El día seguía siendo gris. Franco llevaba dos camisas y una sudadera. Recordaba el frío polar y se preguntaba si sería posible que cayera al menos una breve nevada. Tenía el rifle junto a él, como casi siempre en esos días. Vio entonces los dos *pick-ups* de la policía estacionarse y dijo para sí: *Ya vienen estos hijoputas otra vez.* Tomó el rifle y observó a través de la mirilla telescópica. Su intención no era disparar, sino observar. Los policías se apearon, se reunieron unos segundos y hablaron entre ellos. El señor Franco musitó para sí: *Estos no saben lo que hacen, Señor. Y los otros tampoco. Estamos perdidos, Señor. Pero muéstranos el camino.* Vio a los policías reír. Parecía que se contaban una buena historia. Uno de ellos señaló hacia atrás, a una mujer que vendía pan. Colocaba un canasto enorme sobre una mesa de madera. *Estoy cansado, pero todos estamos cansados. Danos la fuerza y la gracia. Danos la puntería y el perdón. Entréganos la bienaventuranza y el instante de gloria.* Cerró los ojos, aspiró el aire frío y agregó: *Ayúdanos, Señor. Perdónanos, Señor.* De nuevo observó a los policías a través de la mirilla del rifle. *Así sea*, dijo. *Así sea.* Y entonces disparó.

60

Antonio abrió el mensaje de Lucy y leyó: *Hubiera querido que nos despidiéramos como gente normal, pero veo que no se puede. De todas formas, no quería irme sin intentarlo. Si todavía querés, mi bus sale a las nueve y media desde el lugar ese que te enseñé la otra vez. Y, si no querés, al menos me queda la tranquilidad de que te dije.*

Antonio no tenía idea de que Lucy se marcharía esa mañana. La última vez que hablaron, unos días atrás, le dijo que partiría en dos semanas. Antonio tuvo la sensación de que estaba por enfermar; se sintió débil, como cuando estamos por sufrir una fiebre. Miró el mensaje sin mirarlo, con la vista perdida en la pantalla del teléfono, la cabeza inclinada y sin fuerza para levantarla. Escuchó las voces afuera, en la calle. Una pelea. Poco le importó. Aquellas voces para él fueron semejantes a las campanadas llamando a misa en una iglesia construida en una región diezmada por una epidemia, allí donde no quedan fieles, y para los únicos sobrevivientes del lugar no significan nada, pues carecen de fe.

Supo que no podía quedarse sin hacer nada. Cogió sus cosas y corrió hacia la estación de autobuses.

61

El local donde vendían las tortillas era un cuartucho cuya estructura estaba hecha de trozos de madera forrados con láminas de hojalata. En el centro, sobre un cuadrado de cemento, las mujeres echaban la masa sobre un comal de barro. Maca esperaba las tortillas para el desayuno cuando escuchó el primer disparo.

Salió a toda prisa del lugar con rumbo a su casa; saltó entre unos matorrales, pasó en medio de un grupo de niños que jugaban a las canicas, corrió junto a un portal donde un perro ladraba desesperado y, cuando llegó a la puerta de la entrada, la encontró abierta. La cerró de un portazo, salió a la terraza y ahí halló al señor Franco, quien sostenía su hermoso rifle y apuntaba hacia abajo, a la calle, en dirección a los dos *pick-ups* de la policía.

—Entre valles de tinieblas caminaré —dijo el señor Franco, levantando la voz—. Entre valles de tinieblas caminaré, pero no temeré porque el Señor está conmigo.

—Pero ¿qué pasa? ¿Qué ha pasado? —gritó Maca, aunque sabía la respuesta.

—No lo he sentido, no me he dado cuenta de nada —aseguró el señor Franco, sin separarse de la mira telescópica.

—Siempre me dijo que no iba a hacer nada. Me lo dijo. Me lo dijo —insistió Maca, desesperado.

—No me di cuenta, hijo —exclamó Franco, y su voz era casi una súplica—. Te lo juro, no me di cuenta, solo disparé y lo vi caer.

Maca supo a lo que se refería. En ocasiones, y sobre todo en la época que vivió en la Patagonia, a Franco le gustaba ver a través de la mira telescópica por mucho tiempo, y algunas veces, cuando observaba una foca, un cerdo, un perro o un pescador, una anciana que fumaba, un niño que daba patadas a una pelota, estos se desvanecían, caían al piso, y a él le costaba unos segundos comprender que era su culpa, que había disparado.

El señor Franco disparó otra vez. Y otra más, y ya no se detuvo.

—Mejor entrá a la casa, hijo. O mejor andá donde el vecino ya mismo.

—No lo voy a dejar solo.

—No seas necio. Andá donde el vecino ya mismo —dijo. Y agregó, con urgencia—: Por favor, haceme caso.

—Que sea lo que tenga que pasar. Que Dios nos ayude, pero yo aquí me quedo.

Maca se sentó de espaldas al muro y se puso las manos sobre la cabeza. Una bala dio en el borde, a medio metro, el casquillo entró en la casa y quebró una ventana. El señor Franco gritó, frenético:

—Salí de aquí ya mismo.

Maca entonces se arrastró y entró a la casa. Se sentía confundido, frustrado; era claro para él que aquel enfrentamiento solo podía acabar de una manera. A pesar de eso, supo que no quería irse. No iba a dejar solo a aquel hombre despiadado e imprudente que, sin embargo, lo había cuidado siempre como a un hijo. Buscó donde sabía que Franco guardaba las armas y tomó un SR-25, un fusil semiautomático, comprobó si estaba cargado y salió otra vez a la terraza; una vez ahí, se parapetó atrás del muro y apuntó. Descubrió, abajo, un pequeño grupo de policías tirados en el suelo, entre los *pick-ups* con las sirenas encendidas.

—Necio, ¿qué mierda estás haciendo? —gritó el señor Franco, pero Maca ni siquiera quiso mirarlo. Su ojo llenaba la superficie de la mira telescópica y ya la realidad para él era otra. Se fijó en el pie de uno de los hombres, que apenas sobresalía unos diez centímetros de la parte trasera de un automóvil estacionado. Cuando disparó, sabía que daría en el blanco. Y así fue.

Franco siguió en lo suyo y disparó.

—No, hijo. Debiste hacerme caso.

Maca, parapetado atrás del muro, recordó por un instante, como un destello, cuando el señor Franco le enseñó a disparar. Tenía once años y era la víspera de Navidad. Salieron en la madrugada, caminaron a la orilla del río Acelhuate, al sur, siempre al sur. En aquella ocasión cazaron dos iguanas. Maca les había disparado. Franco, emocionado por su logro, le obsequió el fusil que había utilizado.

—Todavía podés ir donde el vecino —insistió Franco.

Maca no respondió. Colocó su rifle sobre el muro y volvió a disparar, rompiendo el parabrisas de una de las patrullas.

—No hay regreso. No hay regreso, hijo.

—Pues que se jodan —dijo Maca, y luego gritó con todas sus fuerzas—: ¡Que se jodan!

—Pues que así sea —exclamó el señor Franco.

Y entonces ambos dispararon a los policías, y los dos tuvieron una puntería magnífica, prodigiosa, mortal.

62

Tomás escuchó los disparos afuera, pero muy cerca. Subió por la escalinata, separó la puerta, que le resultó pesada, pues tenía muchas cosas encima, y entró una ráfaga de frío. También algo de luz. Un helicóptero se acercaba. Sirenas. Más disparos. Bajó otra vez, tomó su mochila y guardó en ella los manuscritos de Putman. Era lo único que le importaba, así que dejó el resto atrás. Volvió a subir, abrió la puerta, esta vez bastante más, lo suficiente para salir. Por suerte, el día era gris, de modo que la luz no lo deslumbró. Escaló a través del muro. Observó, abajo, una columna de policías cubiertos con pasamontañas. Saltó del muro al predio baldío tras su casa. Bajó hasta el río. Lo cruzó y siguió andando. Como esperaba, no había nadie. La balacera no cesaba, por lo que era seguro que todos en la zona estuvieran resguardados en sus casas, esperando no volverse víctimas.

Siguió andando en dirección sur. Salió a un pasaje de casas semejantes a la suya. Encontró dos policías allí, pero estos no le hicieron caso. Siguieron su camino con rumbo al norte. Cuando llegó a la calle principal, observó una multitud de curiosos protegiéndose de los disparos en la entrada de un local de cereales. Un poco más allá, una ambulancia. Y, a unos metros, otro grupo de policías.

Tomás avanzó como si nada sucediera en torno suyo, lleno de una tranquilidad que no conocía, como un condenado que ya no espera nada y camina hacia el muro donde será fusilado. Lo hizo sin saludar a nadie. Las manos en los bolsillos. Confiado. Agradecido con la luz del día, el frío y la tormenta de disparos alrededor. Siguió su camino en dirección contraria al enfrentamiento. Como se estaba helando, se detuvo cinco cuadras más tarde frente a un barril de latón con unos leños encendidos dentro. Permaneció allí unos minutos. Escuchó el crepitar de la madera. Pudo oler el humo recién nacido. Se frotó las manos para calentarse. Era agradable la tibieza del fuego.

Observó un helicóptero descender, disparar, volver a elevarse, maniobrar y luego alejarse. Y volver. Y alejarse otra vez. Y luego, nada. Nada más. Ni un disparo más. Dos carros patrulla pasaron veloces por la calle. Luego, otros *pick-ups* de la policía y otra ambulancia. Tomás siguió su camino cuando se sintió reconfortado por el fuego. Quiso creer que, pese a todo, era un buen día. Observó en un poste de luz un anuncio de unas mujeres con gorros de Santa Claus, y no supo si estaban cerca de Navidad o si el cartel era un resabio de las fiestas pasadas. Era su época preferida. Besó por primera vez a una chica en la Navidad de sus trece años. Gabriela, que tenía catorce y se marchó con sus padres poco después a Costa Rica. Todos se marchaban, tarde o temprano. Su hermano, antes de tomar el avión, le hizo saber que trataría de volver para Navidad, o, mejor, que intentaría llevarlos a su abuela y a él antes de Navidad. Le creyó cuando se lo dijo. No podía ni quería hacer otra cosa que creerle. Fue un consuelo pensar en el posible viaje para fin de año. *¿Qué comen en Madrid por Navidad?*, preguntó entonces a su hermano. *Pavo, como todo el mundo*, dijo el otro. Mientras caminaba a través de la calle principal, una vía de seis carriles, Tomás se preguntó si en Madrid haría tanto frío como en San Salvador esa mañana.

63

Al cruzar una esquina, Antonio observó un grupo de gente alrededor de un autobús y se dirigió hacia allí, tratando de distinguir a Lucy o alguna de sus amigas. No era una buena escena. Las personas se despedían, se abrazaban, se daban la mano y prometían verse lo más pronto posible.

Al no encontrar a Lucy, supuso que no llegaba aún, pero entonces la descubrió saludándolo tímidamente desde el interior del autobús.

El autobús encendió el motor y un hombre empezó a decir que debían marcharse. *Nos vamos. Nos vamos. Todos arriba.*

Poco más de la mitad de los pasajeros estaban aún en la acera, pero casi de inmediato comenzaron a subir. No era aquella una estación verdadera sino la acera frente a una casa con un rótulo pintado en la pared: *Viajes a USA.* Antonio sabía que lo del rótulo era mentira, que esos autobuses llegaban a la frontera entre México y Guatemala, o, si acaso, a algún estado mexicano que tuviera frontera con los Estados Unidos. A partir de allí, cada quien seguía su propio camino, guiados por los llamados *coyotes*. Morían tantos en el trayecto que cualquiera sabía que muchos de los que subían a ese autobús no lo lograrían. Lo más probable era que la mayoría de aquellas despedidas fuera para siempre.

Lucy sacó la cabeza a través de la ventanilla y gritó:

—¡Te quiero, Antonio!

—No deberías irte —le respondió él en voz baja.

—¿Qué decís? —preguntó Lucy—. Acercate, Antonio, que no te oigo nada.

—Acercate vos —replicó Antonio, sin convicción, mientras se aproximaba a la ventanilla.

—¿Qué dijiste antes? —volvió a preguntar Lucy, cuando Antonio estuvo justo debajo.

—Que no deberías irte.

—No me digás eso. Ya no —le pidió la chica y estiró una mano. Antonio también lo hizo y se tocaron con las yemas de los dedos.

El viento sopló fuerte y al chico le temblaron las manos, la mandíbula, y sus dientes sonaron como una antigua máquina de escribir.

—Pensé que ya no me ibas a escribir nunca —dijo Antonio.

—Te voy a llamar cuando llegue. Cuando esté ya con mi mamá, te voy a llamar. Vas a ver que todo va a salir bien.

El motorista insistió a los pasajeros que subieran. *Todos arriba, que ya no puedo esperar más*, gritó. *Ya no puedo esperar más. Se hace tarde y no quiero llegar de noche a la frontera. Nos vamos.*

—Fue bueno —susurró Antonio.

—¿Cómo? —preguntó Lucy.

—Que fue bueno, dije que fue bueno.

Lucy retiró la mano y miró a Antonio un instante, sin decir nada. Tenía ojeras, los pómulos enrojecidos y los labios secos a causa del frío. Llevaba un pañuelo rojo en el cabello y una bufanda. Antonio pensó que se veía hermosa, pero que jamás volvería a verse hermosa para él.

—Nunca tuve oportunidad —dijo Antonio—. Ibas a irte hiciera lo que hiciera. Aunque me ganara la lotería o me enfermara de cáncer, igual te ibas a ir. Eso es así, Lucy. Nunca tuve oportunidad de convencerte.

—Te quiero mucho, Antonio.

—Es como digo, ¿cierto?

Lucy movió la cabeza de un lado a otro.

—Te quiero mucho, Antonio —dijo una vez más.

El conductor volvió a decir *Nos vamos*, pero esta vez cerró la puerta del autobús. Antonio lo observaba.

—Voy a llamarte —prometió Lucy.

—Tal vez cambie el teléfono —dijo Antonio.

—Igual voy a llamarte, a vos o a tu hermana, para saber si estás bien. Y para saber si ya me perdonaste. Y si querés volver a verme. Te quiero, mi niño.

Antonio miró a Lucy y apretó los labios, pero no dijo nada más. El autobús arrancó lentamente. Alrededor de Antonio el viento volvió a soplar y se llenó de sollozos y gritos de los parientes y los viejos y nuevos amores que se quedaban en la acera. Cuando vio a Lucy por última vez, ella lloraba, pero ya era demasiado tarde para todos. Sus voces ahora pertenecían al recuerdo. De pronto, ya no eran los chicos de dieciséis y diecisiete y dieciocho, cuando ambos tenían esperanza, cuando estaban convencidos de que tenían un futuro. Ahora todo se disipaba; lo que alguna vez llamaron destino era un grito en la lejanía, algo ininteligible que se borraba igual que una línea de pequeñas casas sobre una colina al caer la noche, tragadas por la oscuridad. Antonio se convirtió en una sombra en el centro de otra sombra más grande, una estrella apagada en medio de un universo vacío, y las voces alrededor no existieron, se quedó solo, y su pasado también dejó de existir, pues no quería evocarlo en su mente; no quería pensar, pues todo era motivo de tristeza y desolación: su padre, su hermana, la madre que no veía nunca, su amigo atrapado en la oscuridad. Si algo de felicidad hubo en su juventud, esa había sido Lucy, y Lucy se acababa de convertir en alguien cuyo recuerdo sería un nuevo dolor, un motivo para odiar al resto de sus semejantes, a esos que no comprendían que estaban junto a una sombra y no junto a un muchacho. Antonio se mordió los labios para evitar que un llanto tibio bajara por sus pómulos. Se sintió como un chiquillo de cinco años. Bajó la vista y caminó sin pensar hacia dónde. Ya para entonces no le importaba nada, ni las personas, ni el viento tan frío, ni los autos, ni el lenguaje que hablaban los otros, las frases de despedida que gritaban, que lanzaban al aire como lazos que intentaban inútilmente alcanzar a aquel que los dejaba atrás.

64

—Bueno, hijo, creo que la he cagado por completo —reconoció el señor Franco con un tono de resignación que Maca no conocía.
—Ya qué le vamos a hacer —exclamó Maca.
—Me jode por vos, no por mí. Yo no vine a este mundo a morirme en una cama de enfermo a los noventa y nueve; yo tenía que acabar así, pero vos no te merecés esto. Y ahora la he cagado... La he cagado por completo.
—¿Cree que va a nevar? —preguntó Maca, mirando ya no hacia la calle donde se parapetaban los policías, sino al volcán, en el occidente.
—¿A nevar? Es probable; las nubes están grises, pero no de lluvia. Podría ser una nevada. Lo nunca visto.
—En los noticieros dijeron que hubo gente que se murió de frío ayer.
—¿Indigentes?
—No sé, no dijeron.
—Si se llega a los cero grados, es probable.
Escucharon un helicóptero que venía del sur. Maca pensó: *Qué importantes nos hemos vuelto*, pero no lo dijo. El señor Franco observó en la lejanía gris el aparato que se acercaba. Las balas no cesaban desde abajo, pero él quería una pausa. Cuando hablaron de la nieve, pensó en la estepa blanca de los extremos del mundo, las grandes extensiones sin aves donde habitaban los osos polares, las focas y los lobos. Hubiera querido mostrarle al muchacho aquellas regiones. Muchas veces se imaginó con él, sentados en el interior de una cabaña de madera, bebiendo café sin hablar, con trozos de pescado fresco en un plato, a la espera

de la oscuridad para salir y contemplar las auroras boreales o un cielo estrellado como el chico no había visto nunca.

—Si tuvieras que apostar, ¿qué dirías?

—Que quizá en el norte esté nevando ya, en las partes altas de Chalatenango. Eso diría.

Ambos se hallaban tirados en el suelo, tras el muro. El señor Franco vigilaba el tejado, pues estaba seguro de que alguien vendría por ahí. A veces sacaba el rifle y disparaba hacia abajo sin apuntar. Maca solía imitarlo, aunque ahora llevaba un poco más de tres minutos con el arma apoyada en la pared y el celular en la mano.

—Si corremos por los techos —dijo el señor Franco— podemos llegar al predio baldío y luego al río, y caminar por allí. Todavía podemos tener suerte. ¿Qué decís?

—Ya no vale la pena —repuso Maca.

—Siempre vale la pena, aunque nos revienten. ¿O no?

—Seguro hay policías allí también. ¿O no?

El helicóptero ya estaba casi sobre ellos, pero no podían saber si los atacaría o se limitaría a vigilarlos desde la altura.

—Es posible. Pero estos policías son bien pendejos a veces, y quizá no tengan a nadie allá arriba. Podríamos probar.

—Mejor nos quedamos aquí y vemos qué pasa.

—Bueno, hijo, lo que vos digás —concluyó el señor Franco, y a continuación apoyó su fusil sobre el borde del muro y disparó. Lo hizo con nuevo ánimo, con tanta puntería como al principio.

Maca tomó su teléfono y escribió un mensaje para Antonio: *Está nevando, pendejo. Pero todo bien. Cuidate siempre, cabrón.*

El señor Franco y Maca observaron el helicóptero bajar, dar un rodeo, subir y volver a bajar. Maca dejó su teléfono en el suelo, tomó el fusil y disparó al helicóptero.

—¿Le puedo dar?

—No creo, hijo. Si baja mucho, sí. Pero a esa altura, no creo.

El señor Franco vio que dos hombres se acercaban por los tejados vecinos, a su izquierda.

—Ay, pendejitos —exclamó—. Pendejitos, pendejitos.

Apuntó y disparó, sin suerte. Los hombres respondieron. Por los tejados, a la derecha, descubrió dos agentes más. Un fuego cruzado hizo que ambos se arrastraran por el suelo hacia el interior de la casa.

—Está fea la cosa —gritó el señor Franco.

Maca se disponía a disparar a los que se parapetaban sobre el tejado. En el momento de levantarse para hacerlo, sintió una punzada caliente en el hombro que le hizo retroceder y caer al suelo. Un hilo de sangre fresca y tibia le empapó la espalda.

—Mierda —se quejó.

El señor Franco se sacó el suéter y se lo entregó.

—Apretá fuerte —le dijo, y luego tomó su fusil y disparó contra los de la derecha. Al hacerlo, dos tiros pasaron tan cerca de su cabeza que sintió la brisa y el sonido pesado, metálico.

Ambos se arrastraron un poco más y buscaron protección en el muro que separaba la cocina de la terraza. Maca dejó a un lado el fusil y se encargó de la herida.

—¿Se acuerda del día que me dijo que teníamos que vivir en el cerro?

—¿Cómo no me voy a acordar? —respondió el señor Franco, y se echó a reír—. Casi te me morís de tanto vomitar. Bajé el cerro arrastrándote, y cómo pesabas.

—Pero eso fue al tercer día. De lo que me acuerdo es que pasamos buenos ratos el día que llegamos y el siguiente. Nunca supe por qué no volvimos a hacerlo. Hubiéramos podido vivir allí.

—Sí, tal vez —dijo el señor Franco—. Pero bueno, ya no importa.

El helicóptero descendió lo suficiente y el señor Franco supo lo que estaba por suceder.

—Tenemos que ir a los cuartos, hijo —indicó, y tomó a Maca por el hombro y lo arrastró. Una lluvia de balas cayó del cielo. Ambos corrieron a las habitaciones, pues el cielo falso de una casa, hecho de duralita de dos centímetros de espesor, no es un muro de piedra. Cada uno entró a su habitación. Se lanzaron bajo la cama lo más rápido que pudieron. El sonido atronador del helicóptero cesó de repente, y Franco supuso que volvía a elevarse, entonces se arrastró para salir.

—No salgás de debajo de la cama —pidió a Maca. El chico no respondió.

El señor Franco se movió con rapidez, entró en la habitación de Maca y corrió hasta la ventana, que daba hacia la calle, y disparó a la silueta situada a pocos metros. Escuchó unos pasos en el tejado y disparó en esa dirección. Los vidrios de la ventana explotaron en pedazos debido a un fuego de fusil. El señor Franco gritó a Maca:

—Ya están aquí estos hijos de puta. No salgás, dejame a mí.

Maca tampoco respondió.

El señor Franco colocó su fusil sobre el hueco de la ventana y disparó sin mirar. Una bala le dio de lleno en la mano y soltó el rifle. *Mierda*, gritó. Dos dedos destrozados colgaban de un hilo de piel, pero no sintió dolor. Se sacó la camisa e intentó amarrarse la mano, mientras gritaba:

—Pasame el tuyo, pasame el tuyo, hijo, que todavía puedo.

El chico al que todos llamaba Maca tampoco respondió esta vez. Entonces el señor Franco observó el charco de sangre que salía de debajo de la cama.

—Hijo —susurró—. Hijo —volvió a decir.

Puso la cabeza en el suelo y miró hacia la oscuridad bajo la cama.

—Por valles de tinieblas caminaré, pero no temeré —rezó—, pero no temeré porque el Señor está conmigo.

Por valles de tinieblas caminaré. Por valles de tinieblas, pero no temeré porque el Señor está conmigo.

El señor Franco tomó su fusil con la mano izquierda y se levantó, pero no pudo disparar. Observó docenas de explosiones de luz al frente y siluetas de hombres, y una brisa caliente lo abrazó, y cayó al suelo casi sin ruido, desvanecido como una sombra que se proyecta sobre el agua de un estanque.

65

El salón de visitas de la cárcel de mujeres estaba casi vacío. En una mesa, una anciana desayunaba con una mujer y una niña. Las tres llevaban gorro de lana con una borla roja. En una esquina, un anciano hablaba con una chica no mayor de veinte años. En la tercera mesa se encontraba Tomás. Cuando Sonia entró al salón, se llevó la mano a la boca. Tomás se puso de pie al verla aparecer. Sonia temblaba. Llegó a la mesa y no supo si saludar a Tomás con un beso o con un abrazo, así que se sentó sin hacer nada.

—Estás tan pálido —dijo.

—No me ha dado mucho el sol estos días.

—¿Estás bien? He estado tan preocupada por vos.

—Estoy bien —dijo Tomás.

Sonia hablaba en voz baja sin darse cuenta. Tenía una sensación extraña, era su Tomás, pero a la vez no lo era, y no solo por la palidez de su rostro. Había algo distinto en él, como si alguien más estuviera ocupando lo que él era, su cuerpo, sus manos, sus ojos; o, peor aún, como si quien tenía frente a sí fuera solo una aparición, alguien que había muerto semanas atrás y volvía desde la tumba para hablar con ella unos minutos.

—Creía que no iba a volver a verte nunca.

—Sonia, siempre he pensado que nada de lo que pasó fue culpa tuya.

—Y entonces ¿por qué no querías verme?

—No es que no quisiera, es solo que…, es solo que pensé que encontrarnos sería algo que nos jodería mucho. ¿Qué sucedería si no has comido en todo un día y a la noche vas a un banquete con la mejor comida, pero solo podés mirar y no probar nada?

—Sería horrible.
—Sería espantoso.
—¿Me estás diciendo que no querías verme porque no podíamos coger? —preguntó Sonia.
—Te estoy diciendo que no quería porque no podemos estar juntos —dijo Tomás con suavidad—, y eso es insoportable, así que no verte era mejor que venir y sentir la frustración de no poder hacer nada. Eso he pensado todo este tiempo.
—Pero ya no, ¿verdad?
—No, ya no.
—¿Vas a escribirme?
—¿Querés leer lo que vaya escribiendo sobre el señor Putman?
—¿Ya lo empezaste?
—Sí, lo empecé. He tenido tiempo de hacerlo.
—Sí, quiero leerlo. Quiero leerlo todo.
Tomás sacó unas hojas de la mochila y las puso sobre la mesa. Era el manuscrito de Putman.
—Las leés cuando me vaya.
—Sí, lo voy a hacer. ¿Me va a dar miedo?
—No creo.
—No sé para qué pregunto, si después de estar aquí ya no me da miedo nada. O, bueno, sí. Me da miedo una sola cosa.
—¿Qué cosa?
—No volver a saber nada de vos.
—Sonia…
—Tomás… Tomasito…
—Antes creía que mi hermano era la persona que más quería —dijo Tomás—. Después, pensaba que quería más a mi abuela, pero ahora sé que no he querido tanto a nadie como a vos. Es imposible que no sea así. Te lo juro.
—Yo no he querido a nadie como a vos, también te lo juro. Y no te voy a pedir nada. No te voy a pedir que me esperés treinta años. Eso es toda la vida y no sería justo,

pero si cuando tenga cincuenta y salga, vos estás divorciado y solo y triste, entonces llegá a verme, porque siempre voy a estar para vos. Siempre, Tomás.

—Seguro salís antes. Y vos vas a tener buena conducta, lo sé. A lo mejor en diez o quince años ya estás fuera. Es que nadie pasa aquí treinta años. Nadie. Ni los asesinos.

—Aquí creen que soy una asesina.

—No hablemos de lo que creen esos hijos de puta —tomó las manos de su chica. Ella aún temblaba.

—Aunque tengás mujer, hijos y todo eso, no te olvidés de mí. Siempre podemos salir a tomar un café y hablar, aunque seamos viejos. Y tampoco te olvidés de mí si te hacés famoso por Putman y te hacen una película. Siempre te puedo contar historias espeluznantes de las que pasan aquí. Tomalo en cuenta.

De pronto, Tomás no supo qué decir, tampoco supo qué hacía allí o quién era la chica frente a él, el cabello amarrado en una trenza, ojeras, la frente cubierta de espinillas, sin maquillaje, los ojos enrojecidos, las uñas despintadas, envejecida. Era como si ambos se hubieran abandonado, como si fueran solo un resabio de lo que fueron alguna vez.

Continuaron la conversación tratando de no hablar del pasado ni del futuro ni sobre nada importante. Tomás prometió hacer lo posible por volver, por escribir, por mantenerse a salvo. Por su parte, Sonia prometió que siempre estaría para él. Luego de un rato, Tomás dijo que era tiempo de marcharse.

—Hace tanto frío —dijo Sonia—. Abrigate bien, por favor, no te me vayás a enfermar.

—Vos cuidate mucho. Cuidate siempre, siempre —le suplicó Tomás—. Y no peleés con nadie. Tenés que estar bien.

—Lo voy a estar. Voy a estar bien por vos.

—Sé que es difícil, pero tenés que dormir mejor.

—Lo hago —aseguró Sonia.

—Trasnochar es lo peor.
—Lo sé. Lo sé.
—Bueno —dijo Tomás.
—Bueno —dijo Sonia.

El chico se levantó. Sonia hizo lo mismo y dio un rodeo a la mesa y abrazó a Tomás. Lo abrazó con todas sus fuerzas y, por un instante, volvió a ser su chico, no una sombra, no una silueta vacía, sino su chico. Besó a Tomás en los labios, torpemente, sin preámbulo ni delicadeza, y se separó de él y él de ella, pero enseguida volvieron a abrazarse muy fuerte por un largo minuto, antes de separarse otra vez.

—Me voy —dijo Tomás, en susurros.
—Bueno —respondió ella.
—No te prometo nada, pero haré lo posible por estar aquí.
—¿Aquí dónde?
—Aquí cerca.
—¿Rondándome?
—Sí, rondándote. No te voy a olvidar nunca, Sonia.
—No me olvidés, Tomás. Necesito creer en eso, al menos eso.
—Podés creerme —dijo el chico, y él mismo lo creía con todas sus fuerzas.

Cuando Tomás se separó de Sonia, caminó con lentitud, como si no quisiera irse. Ella no se movió hasta que él atravesó la puerta de entrada. En el último instante, antes de perderse de vista, él miró hacia atrás, sin dejar de andar, y observó a su chica, su Sonia, y levantó la mano para decirle adiós, y ella le dijo adiós también. El día seguía siendo gris. La temperatura había bajado a los cero grados.

66

Antonio leyó el mensaje de Maca, pero no quiso responder. No tenía ganas de nada, ni de hablar ni de escribir un mensaje, y menos uno como el que acababa de leer. ¿Qué era eso de *Está nevando, pendejo. Pero todo bien. Cuídate siempre, cabrón*?

Entró a una cafetería y pidió un café. Se sentó en una mesa en la esquina del local, que estaba vacío. Sacó el teléfono y escribió a Nana. *¿Qué hacés, Nana?* Ella tardó casi media hora en responder. Cuando lo hizo, le preguntó si estaba enterado de lo de Maca y el señor Franco. Agregó el emoticono de una cara redonda con una lágrima. En el mismo momento que leía lo de Nana, recibió una serie de mensajes de su hermana Julia. No necesitaba leerlos; sabía de qué hablaban.

Salió y se dirigió al sur, de regreso a casa. No quiso subir a un autobús. Hizo el trayecto a pie. Al llegar al barrio, aún se escuchaba un sonido de ambulancias y parejas de policías hacían una ronda por la zona. En la entrada de su pasaje, varios chicos y chicas se calentaban alrededor de una fogata encendida en un barril de latón. No se escuchaban aves. El aire olía a pólvora. Muchos perros aullaban en la lejanía. Antonio subió las gradas hasta su casa sin saludar a nadie. Un rastro de miradas ansiosas lo siguió hasta que atravesó el umbral de la puerta de su casa. La abuela, encerrada en su habitación, no salió a saludar. Su hermana no estaba. Pese a ello, encontró una vela encendida frente a una figura de la Virgen. Se acercó y sopló la vela para apagarla. Luego, entró en su habitación. Se tendió en la cama. Y se quedó allí hasta que oscureció. Y buscó consuelo en la oscuridad, en la tempestad de la noche que moría de frío.

67

—Hola, mamá —saludó Sonia cuando su madre se puso al teléfono.
—Hija, bendita sea la Virgen. ¿Cómo estás? ¿Estás bien?
—Estoy bien, mamá, estoy bien. Y le llamaba porque la última vez acabamos mal, y no quiero estar así con usted.
—Ni yo con vos, hija linda.
—Y también quería decirle que voy a seguir bien, mamá, se lo juro.
—Gracias a Dios y la Virgen que me decís eso, hija.
—Así va a ser, mamá. Se lo prometo.
—Hija, ¿puedo ir a verte? —preguntó la madre, dominada por la ansiedad.
—Sí, mamá. Venga el domingo, aquí voy a estar.
—Bueno, hija. Qué alegría que me hablaras. Qué alegría, de verdad.

La llamada no duró más de tres minutos, pero fue suficiente. Al colgar, Sonia salió al patio en busca de Ingrid. La encontró fumando un cigarro, sentada junto al muro, como la última vez, como siempre.

—Treinta putos centavos me ha costado —dijo Ingrid, refiriéndose al cigarro.

Sonia se sentó junto a ella.

—¿Cuánto tiempo vas a estar aquí?
—Ya me voy a entrar, me muero de frío —dijo Ingrid.
—No me refiero a eso. Quiero decir, ¿cuánto te falta para salir?
—¿Para salir? Como diez años —contestó Ingrid.
—¿Por matar a un hombre te dan quince años?

—Pues sí, así es —respondió Ingrid.

—¿Volverías a hacerlo? ¿Volverías a matar a tu marido, si todo se repitiera?

—¿Si lo encontrara abusando de uno de mis hijos? Sí. Sin duda. Lo haría aun sabiendo cómo es la vida aquí, toda esta mierda en la que estamos.

—Yo no voy a dejarme morir aquí dentro. No puedo —exclamó Sonia.

—Mi niña —dijo Ingrid, y abrazó a Sonia. Y besó su cabeza—. Así me gusta, mi niña, que sea caliente y fuerte como un trago de tequila del malo.

Al escuchar la frase, Sonia se echó a reír. Era la primera vez que Ingrid veía reír a Sonia, pero no pensó en ello. No pensó nada en aquel momento, salvo que debían entrar a la celda antes de que no pudieran moverse por el frío.

68

—Estamos solos ahora —dijo Nana.
—Supongo que sí, Nana.
—No pasa nada, Antonio, siempre hemos sido unos sobrevivientes.
—Estoy bien, Nana.
—No lo parece, pero estoy aquí, aunque no querás, estoy aquí con vos. Y no pienso irme.
—Lo sé, Nana. Y está bien. Todo está bien.
—Se me ha congelado el cerebro, Antonio. Nunca había tenido tanto frío, pero no tengo ganas de entrar. No todavía. Dicen que puede nevar.
—¿Quién dice eso?
—En Twitter lo han dicho.
—No podés creer a la gente de Twitter, Nana.
—Lo han dicho los especialistas, no los vagos.
—Ya...
Nana estaba abrigada bajo un cubrecama de lana que su abuela tejiera medio siglo antes. Era pesado, pero funcionaba bien en aquel clima.
—Nana, ¿creés que vos también vas a querer irte alguna vez? —preguntó Antonio.
—Ya te dije que no me voy a ir a ninguna parte —dijo la chica—. No necesito eso, te lo juro. Y no es que lo diga ahora, lo he dicho siempre. Es de cobardes irse, eso lo sé, aquí todavía se puede. Es cierto que estamos en la mierda, pero si hay otros que salen, nosotros también. ¿Vos vas a irte?
—No.
—Eso está bien —exclamó Nana—. Eso está bien. Te ves triste, pero te ves así desde hace no sé cuánto, meses. Quizá desde lo de tu amigo Tomás.

—Puede ser, Nana.

—¿Puedo decir algo de Lucía?

—¿Para qué? No quiero hablar de Lucy.

—Igual te lo voy a decir, Antonio. Es que he pensado todo el rato que nada le costaba esperarse un mes. Lo de tu papá, lo de Tomás, lo de Sonia, todo se te juntó, y a ella se le ocurre irse así. Te juro que entiendo que se quiera ir, todos los días se va gente de este país, pero lo que no entiendo es por qué no esperó hasta después de Navidad, o algo así, cuando estuvieras más tranquilo. Para mí, es una egoísta. Y no sé si te jode que te diga esto, pero solo quería decir lo que pensaba. ¿Puedo decir algo más?

—¿Voy a poder evitarlo?

—Va a parecer horrible, pero sé que es mejor que todo sucediera así, es más duro, pero es un comienzo. Los comienzos siempre son horribles, pero mejor empezar de una vez. ¿No creés?

—No sabés todo lo que sucede, Nana.

—Sé que lo de Maca debe joderte más que lo de Lucy, eso lo sé.

—Puede ser —le concedió Antonio—. Maca, el señor Franco, Tomás, Lucy, todos se fueron. Mi hermana también, a trabajar. Sonia está en la cárcel. Es tan extraño. Es como si fuera un viejo de noventa y nueve años y mirara atrás y, de todos los amigos o parientes o gente que conocí, ya no quedara nadie.

—Quedo yo, Antonio.

—¿Entendés lo que digo?

—Sí, entiendo, por eso te dije antes que estamos solos.

—Es que creo que ya no siento nada, solo vacío.

—Antonio, ¿te gusta que esté aquí?

—Sí, Nana. Sabés que sí.

—A veces no sé qué pensar. Has sido una piedra estos días, un cabrón, pero qué bueno que lo dijiste, Antonio. He pensado en algo para cuando llegue Navidad. ¿Vos vas a pasar con tu abuela?

—No tengo idea, Nana, pero no creo que tenga muchas opciones.

Cuando Nana dijo aquello, Antonio pensó que nunca más se reuniría con Maca en la madrugada para ir a trabajar, que no volvería a buscar a Tomás para hablar sobre las aventuras de Putman, que no cenaría en casa de Lucy el día de Navidad. La puerta se había cerrado. Y él no estaba dentro. Se había quedado fuera. Más tarde aquella noche, Antonio decidió no pensar más en su padre ni en Maca ni en Lucy ni en Tomás. Seguir adelante era la única opción. Había aprendido que eso era la vida, y solo había que seguir, avanzar sin preguntarse si tenía una razón para ello, pues no buscaba respuestas.

La silueta de Nana aquella noche era como una colina vista desde muy lejos en la madrugada de niebla: podía presentir su belleza, aunque no apreciarla, pues sus ojos eran incapaces de atravesar la oscuridad; aun así, el presentimiento era suficiente.

—Puede ser mejor en Año Nuevo —dijo Nana, mientras tomaba la mano de Antonio—. Tu mamá tiene que ir en Año Nuevo, supongo.

—Hay años que sí, años que no; nunca lo sé.

—Pues el día que llegue, ¿podemos ir a un lugar?

—¿Qué lugar? —quiso saber Antonio.

—¿Podemos, sí o no? —insistió Nana.

—¿En la noche?

—Pues obvio que sí, en la noche.

—¿Qué lugar, Nana?

—No puedo decirte, es una sorpresa. Pero si confiás en mí, no vas a arrepentirte. Entonces, ¿vas a decir que sí? ¿Qué podés perder?

—Nada, supongo que nada.

—Voy a tomar eso como un sí.

—Bueno, Nana. Sí, es un sí —dijo Antonio, y apretó fuerte la mano de la chica.

—Qué bien —dijo ella. Vestía suéter y un gorro de lana y Antonio había notado que se veía más guapa que nunca.

Y así fue como sucedieron las cosas. Aquel día, a la medianoche, la temperatura llegó hasta los menos tres grados centígrados. Nunca antes se habían reportado temperaturas tan bajas en toda la región. Se dijo que murieron cientos. Años más tarde, la joven Nana contaría que esa noche nevó entre la una y tres de la madrugada, que ella y Antonio estaban despiertos, pero que nadie más lo estaba en toda la ciudad. También diría que se dieron su primer beso bajo la nieve, y que eso fue lo mejor que le pasó en una adolescencia miserable. Ese fue su instante más feliz. El que no olvidaría nunca.

Luego de ese día, el clima volvió a cambiar y las temperaturas subieron hasta regresar a su estado de siempre, al verano perpetuo de ese valle sombrío en el centro de América.

Esta obra se terminó de imprimir
en el mes de febrero de 2025,
en los talleres de Diversidad Gráfica S.A. de C.V.
Ciudad de México